素足の季節

小手鞠るい

ハルキ文庫

角川春樹事務所

目次

胸の前で結んだ制服のリボン
不確かなものだけが詰まった鞄
もどりたくないのに、抱きしめたくなる——

素足の季節

雨が空から降れば

高校への道は、遠い。なんだかローマよりも遠い気がする。どうしてこんなに遠いんだろう。どうして私はこんなにも遠い高校へ、蟻《あり》みたいにせっせと通わなくてはならないのだろう。毎朝、うんざりした気持ちで家を出て、毎夕、うんざりした気持ちで家にもどってくる。こんなことでいいのだろうか。こんなことで、私はちゃんと、人並みな青春を謳《おう》歌《か》できるのだろうか。登下校時になると決まって、そんな不安に囚《とら》われている。

高一の新学期が始まって、二ヶ月あまりが過ぎた。

私は、長い通学路にまだ慣れることができていない。人生は、ままならない。思った通りには、進んでくれない。青春は青くない。灰色をしている。

家の近くには、同じ岡山県立のD高校があって、そこなら自転車で五、六分もあれば行ける。歩いてだって、通える。S高校の場所はよくわからないけれど、A高校よりは近いはず。三校ある岡山県立高校のなかで、よりにもよって、うちから一番遠いA高校に、私は振り分けられてしまったのだった。

振り分けられた? そう、私の意思とは関係なく。

誰に? 誰だろう。きっと相当にお偉い、誰かさんに違いない。

ぶあつい雨雲におおわれた六月の空を見上げて、私はため息をついた。

あの空の上の、そのまた上の、上の方にいるのだろうか。私たちの運命をつかさどっている、お偉い方は。

私たちはいったいいつまで、目には見えない誰かの力で、何かの力で、振り分けられ、振りまわされつづけなくてはならないのだろう。いつになったら、自分の人生と青春に対して、決定権や選択権を持てるようになるのだろう。

教育県として名高い岡山県の県立高校では、ちょっと変わった——私には、大いに変わっていると思える——入試制度が取り入れられていた。県立高校へ進学したい生徒たちは全員、同じ「県立高校入学試験」を受ける。そして、合格すれば、A高、D高、S高のいずれかに入学することになる。つまり、生徒たちみずからが志望校を決め、それぞれの高校に願書を出すことはできない。三校のレベルを均等にしておきたいという意図でもあるのだろうか。平等な高校、平等な教育が、平等な社会の実現につながっていく、とでもいうような。天は、高校の上に高校をつくらず、高校の下にも高校をつくらず?

そのせいで、一部の生徒たちは、理不尽かつ不平等な通学距離を、甘んじて受け入れなくてはならなくなる、というわけか。私も不運な一部のそのひとり。がんばらなくっちゃ、がんばらなくっちゃ、がんばらなくっちゃ。ペダルを踏む足に、私は声をかける。懸命に自分を励ます。車はガソリンで動くけれど、自転車は足で動かすしかない。

目的地までは、あと三十分ほど。今、全体のちょうど三分の二くらいのところまで来ている。交通量の多い国道は避け、裏道から裏道へとまわりながら走って、だいたい一時間半ほどでたどり着ける。今のところ、ペースは快調だけれど、空模様が怪しい。さっきから、雲の色が中心から端に向かって、ぐんぐん濃くなってきている。が、驚くには値しない。天気予報では「今朝は、雨が降ったりやんだりのぐずついた天気」ということだったから。だからこそ、私は自転車に乗っている、と言えるんだけど。

なんとか、雨が本格的に降り出す前に、着きたい。

ペダルをこぐ足に、私はいっそう力をこめた。

自転車通学は、五月の連休明けと共に始めた。それまでは、バス通学をしていた。A高からの合格通知、正確には「振り分けられ通知」をもらったときから、思っていた。あんな遠い高校まで自転車、正確には「人力」で行けるはずがない。行き帰りで、フルマラソンを走るくらいの気力と体力が要る。当然のことながら、私はバス通学をするつもりだった。

いつも同じバスに乗って通学している、かっこいい王子様に、巡り会えたりするかも?

ある日、私が朝寝坊をしてしまい、いつものバスに乗れなかった翌日に、

——ねえ、きのうの朝、きみはこのバスに乗ってなかったけど、どうしたのかと思って心配してたんだよ。

なぁんて言いながら、たまたま空席になっている私の隣にその人は腰かけて、話が弾んでしまって、なぁんてことが起こったりして……

などと、ちょこっとだけ期待に胸をふくらませたりしていたものの、現実はそんなに甘くはない。そういうことが起こるのは、テレビドラマか、せいぜい恋愛小説のなかだけ。実のところ、私は小説を読むのが三度のごはんと同じくらい好きだけど、恋愛小説というのは甘すぎるデザートとおんなじで、口に合わない。

バス通学の場合、自宅の近くのバス停まで歩いて十分、バスに乗ってから岡山市の中心までは、だいたい三十分強。市内から高校までは別のバスに乗り換えて、二十分弱。ということは、バスに揺られている時間は五十分ほど。だけど、ふたつのバス会社の停留所は頭にくるほど離れているので、バス停まで歩く時間と、乗り換えのための待ち時間などをふくめると、全体的には一時間プラス二十五、六分程度。ということは、かかる時間は、自転車とほとんど同じ。だけど、肉体的な疲労のことを思えば——ありえない巡り会いは

脇へ置いておき——バスの方が圧倒的に楽だし、バスなら、通学中に本を読んだりすることもできるし、試験前になれば、単語や年号や公式の暗記だってできる。

たとえば、雨降りの日とか、きょうみたいに雨が降りそうな日にはバスにして、お天気がよくて、風も陽射《ひざ》しも気持ちよくて、走っているだけで気分がさわやかになるような日には、自転車にすればいい。

と、誰でも思うだろうし、両親もそう言ったし、私もそう思っていた。

しかしながら悲しいかな、人生というのは、青春というのは、思った通りにはいかないものなのである。

忘れもしない、あれは、往生際の悪い春の雨がしとしと降っている、肌寒い朝だった。

私はいつものように通学鞄《かばん》を手に、最寄りのバス停からバスに乗った。

七時台のバスだった。七時半過ぎには終点のバスターミナルに着き、そこから歩いて——いや、走って——八時ちょっと前の別のバスに乗り換えれば、八時半の始業時刻に間に合うはずだった。が、最初に乗ったバスが、途中からまったく動かなくなってしまった。道はひどい渋滞。動いたと思ってもまたすぐに止まってしまう、かたつむり以下ののろのろ運転で、いっこうに前に進んでくれない。おまけに車内はぎゅうぎゅう詰めの満員。息をするのも苦しいほど。実はこれ、雨の日には車を利用する人が多く、バスを利用する人も多いという、当たり前の現象だったのだが、私にとっては、雨降りの朝にその時間帯のバスに乗るのは初めてだったので、そんなことになるとは想像もできなかったのだった。

遅れたくない。遅刻したくない。

生来、私には、よく言えば潔癖主義、それが行き過ぎると神経質にもなるのだけれど、「自分の過ち」を簡単には許せない、そういう性格が備わっているような気がする。遅刻するのがいや、というよりは、自分の潔癖主義に傷がつくのがいや、という感じ。

お願い、なんとかして下さい。

身動きの取れない、混み合ったバスのなかで、私は、少しばかり薄くなっている運転手さんの後頭部に向かって、ひたすら祈りつづけていた。バスよ動け、動けバス。

祈りもむなしく、高校に着いたのは、八時四十五分。一階にある教室にたどり着いたのは、八時五十分。二十分の遅刻である。

こそ泥みたいにうしろのドアをそーっとあけ、おずおずと教室に入ると、私は先生の指示を待った。私のほかには、ふたりの男子生徒が立っている。彼らは遅刻の常習犯だ。

まことに運の悪いことに、その日の一時間めは、陰険なことで有名な英文法の立川《たちかわ》——先生の名前は、A高の生徒たちのあいだでは呼び捨てが普通——の授業ではないか。最悪だ。主語と動詞がひっくり返ることはあっても、立川が私たちを許すことはないだろう。案の定、私たち三人は、一時間めの終了を告げるベルが鳴るまでずっと、制服を着たあわれな案山子《かかし》になって、立ち尽くしていた。

Ａ高校では、遅刻した生徒は勝手に自分の席に着いてはならず、教室の一番うしろに鞄を持ってじっと立ったまま、授業中の教師が「座ってよし」と言ってくれるまで、お預けを食らった犬みたいに待たなくてはならない。そういう決まりがあるのだった。開校して以来の、これは「伝統」であるということだった。入学式のとき、校長先生がそう言っていた。伝統というものは、頑固で、しぶとい。ちょっとやそっとのことでは、消えない。まるで、壁に染み込んでいる染みみたいなもの。

そんな遅刻を都合三回、経験して以来、私は、天気がいい日はバスで、雨の日、または、雨が降りそうな日には自転車で、通学することにした。

雨降りの日に自転車に乗れば、たとえ雨合羽を着ていても、靴や足もとやスカートの裾《すそ》はじわじわ濡《ぬ》れてくる。合羽の外もなかも湿気が強いから、背中にも胸にも汗をかく。気持ち悪い。けれど、満員バスに詰め込まれて、遅刻して立たされるよりはましだし、早い時間のバスに乗るために早起きするよりは、まし。それに、バスのなかで、運転手さんと道路の混み具合に運命を預けている状態よりも、自分で自分の運命をコントロールできる自転車の方がよっぽどいい。もしも、私の運命をつかさどっている「目には見えない誰か」が、どこかに、たとえば空の彼方にいるのだとしても、私は簡単には負けない。精一杯、抵抗してやる。

あ、とうとう降り出した。

今、ぽつりときた。私のまつげ、雨粒で、濡れてる。

ぽつ、ぽつ、ぽつ、が、ざーざーざーに変わるのは、時間の問題。

雨が空から降ってくれば、私の体は濡れる。鞄も濡れる。当たり前だ。濡れれば、髪の毛はぐっしょりしたあとぼわぼわになるし、制服は湿ってくるし、そのせいで、下着も冷たくなってくる。私は濡れたくない。雨合羽は、セカンドバッグのなかに入っている。どこかで自転車を停《と》めて、着るか？

腕時計を見る。ああ、そんなことをしている時間がない。このまま濡れながら一気に走るか、合羽を着て遅れるか。濡れるか、遅れるか、それが問題だ。しかし選択権は、私にある。よし、決めてやる、自分で自分の運命を選んでやる。濡れるのはいやだけれど、遅れて立たされるのは、もっといや。きょうの一時間めは、疑問文になっても主語と動詞が入れ替わらないくらい意固地で意地の悪い立川だ。

私は「遅れない」を選択する。

さあ、走れ！　雲の上に隠れたまま姿を見せない朝日に向かって、進め！

進め進め進め。パワー全開で、私は自転車のペダルを踏む。踏む踏む踏む。

校門が見えてきた。最後のひとがんばり、あともうひと息だ。ラストスパート。

よっしゃ～！　どしゃ降り前の滑り込みセーフ。時間もぎりぎり間に合った。

「おはよう」

「おっはよう」

「おっはよぉう」

自転車置き場では、そこここで、朝の挨拶《あいさつ》が輪唱のように響き合っている。

「グッドモーニング、エブリバディ」

目立ちたくて、格好つけてる奴もいる。

「なあなあ、きのうのアレ、見たか？」

「見た見た」

「すごかったなぁ。あの場面。ぞくぞくっときたわ」

そんな会話も聞こえてくる。あの場面って、どんな場面なんだろう。

「知っとる？　ニュース見た？　連続女性誘拐殺人犯、逮捕されたんよ」

「よかった、よかった、岡山まで逃げてこられたら、どうしようかと思うとった」

「来るわけないじゃろ」

「来ても、おまえなんか、誘拐されんわ」

「なんでじゃ？」

「狙《ねら》われるのは、美人で金持ちの女だけなんじゃ」

「うるせぇ、このデブ男」

「そっちこそ、うるさいわい。胸ぺったんこのブス女！」

「黙れ、すけべー」

うるさいこと、この上ない。品性も知性もない。ここは、岡山県立岡山A高校。東大、京大、阪大、岡大など、国立大学への合格率を全国レベルで競うほどの進学校のはずだが。

「カオ、カオ、カオー」

どこからともなく、からすの鳴き声が聞こえてきた。

「カオ、待ちなよ、カオったらぁ」

からすじゃない。あれは、私を呼んでいるマミの声だ。

私の名前は、杉本香織《すぎもとかおり》。人呼んで「カオ」。読書が好きで、孤独が好きで、空想と妄想が得意。反骨精神と潔癖主義を誇る十六歳である。

面影橋から

マミ、こと、間宮優美《まみやゆうみ》に出会ったのは、バスのなかだった。

私にとってはちっとも黄金なんかじゃなかった、ゴールデンウィークが明けたばかりのその日。朝から、弱々しい感じのする雨が降っていた。無数の点線が、空から地上に向かって引かれているような、銀色の霧雨。こんな日は、当然のことながら、不可抗力による不覚の遅刻を避けるために、私は雨合羽を着込んで勇ましく、自転車にまたがっているはずだった。のだけれど、その日はなぜか、バスに乗っていた。

なぜか、じゃない。実は理由がある。色にたとえると、まっ赤な理由。

十六歳の女の子には、月に一度というか、だいたい二十八日ごとくらいに、雨でも晴れでもバスに乗らざるを得ない日というのが、必ずやってくる。鬱陶《うっとう》しくて、面倒だけれど、それがやってこないと、大変なことになる。それがおでましになると、「あれになる」とか「月桂樹期」とか「整理整頓中」とか、私たちは適当な名称で呼ぶんだけれど、私は最近マミから教わった「女になる」という言い方が気に入っている。

女になると、お手洗いに行くときには、小さな化粧ポーチを隠し持ったり、制服のスカートのポケットをぷくんと膨らませたりしなくちゃならない。そうするのがいやで、朝から三つか四つくらい、あれをパンティの内側に重ねて身に着けてる子もいるらしくて、私も一度、試してみたことがあるけれど、もこもこして歩きづらくて、蟹《かに》が縦歩きをしているというか、女子高生力士になったみたいで、これじゃあとてもやってられないと思った。ときには体育の授業を休みたくなるほどひどい状態になることもあって、女の子って本当に大変だと思う。

初日が大変、という子と、二日めが大変、という子がいる。私は後者。二日めは、熱っぽくて、頭がぼーっとしてしまい、おなかには圧迫感に似た痛みがあり、胸は突っ張って、しくしく痛い。

というわけで、私はその朝、仕方なく、バスで高校に行くことにしたのだった。

バスは五分ほど遅れて、私の乗り込んだバス停を出た。

それほど混んではいなかった。ほとんど満席に近くて、立っている人は前の方に数人、空席はうしろの方に、ぽつん、ぽつん、ぽつん。そんな感じ。私はちょうど、バスのまんなかあたりの窓側の席に腰かけていた。隣には、無表情なおばあさんが座っていた。

二十分くらいが過ぎて、そろそろ五つめのバス停「面影橋」にたどり着こうとする前に、おばあさんが「どっこらしょ」——と言ったわけではなかったものの、そんな掛け声が聞こえた気がした——と、立ち上がって亀《かめ》のように前に進み、バスから降りた。ほかにも何人かが降りて、入れ替わりに何人かが乗り込んできた。そんなようすをぼんやりと、眺めるともなく眺めている私の目に、飛び込んできたものがあった。

ものではない。人だ。女の子だ。私と同じ制服に身を包んでいる。紺色のセーラー服の胸の前で、きゅっと結んだリボンの白がまぶしい。

制服は私と同じはずなのに、まるで違った感じに見える。小柄なのに存在感がある。スタイリッシュで、大人っぽい。彼女がスカート丈を思い切り、長くしているせいかもしれない。明らかに、校則違反の長さ。服装検査のときだけ、ウエストのところで、スカートをくるくる巻き上げるのだろう。ちなみに、A高校の女子の制服は、県内の高校のなかで、いちばん可愛《かわい》くてキュートでお洒落《しゃれ》で、他校の女子にも、いろんな高校の男子にも——もしかしたら、おじさんにも？——人気がある。のだけれど、この、見た目がすごく可愛い制服というのが、A高の女子をどれだけ「大変な目に遭わせている」ことか。もちろん、実際に着てみないことには、この苦労は理解できないだろうと思うけれど。

それはさておき、淀《よど》んだバス内の空気をスパーンと割るようにして、私の目にあざやかに飛び込んできたその人こそ、可愛い制服をどこか色っぽく着こなした、いや、不良っぽく着崩した、間宮優美、苗字《みようじ》の冒頭二文字を取って、「マミ」だった。

あ、間宮さんだ。

C組の間宮さん。

そのとき私はまだ、「マミ」なんて気軽に呼べるほど、マミと親しくはなかったし、私はD組で、マミと同じクラスでもなかったから、心のなかでただ、そんなふうに思っただけだった。「おはよう!」なんて、こっちから声をかけることもできない。たとえかけたくても、恐れ多くって。

そう、マミは私にとって、恐れ多い人だった。いろんな意味で。こわいっていう意味もあったし、畏怖というか、尊敬というか、別世界の人というか、そういう「畏《おそ》れ」も多分にあったと思う。なぜなら、マミはあまりにもきれいで、あまりにも頭がよくて勉強ができて、そして、高一の五月にしてすでに、言い寄ってくる男子があとを絶たないという、A高きってのかぐや姫だったから。

マミのすごいところは、美人で成績がいい、だけじゃなくて、素行が悪くて、先生に対してはすこぶる反抗的で、いわゆる札付きの不良娘である、ということ。中学時代から、そうだったらしい。どうしようもない不良なのに、成績が抜群にいいから、先生たちはマミに対して何も言えない。A高にはそういう傾向があった。つまり、東大、京大、阪大、岡大、その他の国公立大学、有名私立大学に合格さえしてくれたら、少々のことには目をつぶります、というような。

「おはよう、杉本さん。ここ、座っていい？」

一瞬、私はわが耳を疑った。男子からだけではなくて、女子たちからも「かっこいー
い」と、あこがれられているマミが、私みたいな、地味で平凡でなんの取り柄もない、目立たないくすんだ女子——のふりをしている曲者《くせもの》——に、声をかけてきてくれるとは。しかも、私の名前まで知っていたなんて。あとで聞いた話によれば、マミの友だちのひとりが、私と同じ中学の出身だったので、名前を覚えてくれていたのだとか。もっと正確に言うと、私が中学時代に起こした「ある事件」のことを聞かされて。

驚いてしまって、私はまともな返事をすることもできず、

「あ、はい、どうぞ」

なんて、妙にぎこちない言葉を発してしまい、そんな自分が情けなくて、なんだか蓑《みの》を剝《は》がれた蓑虫みたいに、もじもじしていた。

マミは私の隣に腰かけると、親しげに問いかけてきた。

「今まで、おんなじバスになったこと、なかったよなぁ。いっつもこのバス？」

岡山弁のアクセントなのに、すっきりと垢抜《あかぬ》けて聞こえるのは、なぜなんだろう。

「そうじゃなくて、いつもは自転車。じゃけど、きょうは……」

あれになって、とは言えないまま黙っていると、

「あたしはきょうは朝寝坊して、一台前のバス、逃してしもうた」

にこっと笑ってそう言った。吸い込まれてしまいそうな笑顔。

ふたりの会話は、そこで途切れた。

マミは、膝《ひざ》の上にのせたぺっちゃんこの鞄《かばん》——教科書やノートや文房具類を学校に置いたままにして、わざと薄い通学鞄を持つのが、不良たちのあいだでは流行していた——のなかから、小さなメモ帳みたいなものを取り出して開き、じっとうつむいて、とても熱心に、手もとを見つめている。横目でちらっと見てみると、マミが見つめているのは、英語の単語帳だとわかった。すごいなぁ、と、またまた感心してしまう。

面影橋を出たとたん、のろのろ運転になってしまったバスのなかで、ただイライライラしている私とは違って、マミは平然と、悠然と、英単語の暗記をしている。やっと動き出したかと思うと、すぐにブレーキがかけられて、バスが急停車する。そのたびに座席が揺れて、マミの右腕が私の左腕に、マミの右肩が私の左肩に、触れる。

なんとはなしに息苦しくなって、私は窓の外に視線を向けた。ちまちました住宅街の向こうに、巨大な病院のビルがぬぼっと建っている。背後には、切り崩されたと思われる山の斜面が痛々しく広がっている。

ももたろう病院。病院の屋上に、人を馬鹿にしていると思えなくもないほど、でっかい文字でそう書き記された、看板が上がっている。「ももたろう」というからには小児科か、と誰でも思うだろうが、違う。ももたろう病院は、精神病院なのだ。

窓越しにその看板を見やりながら、

「桃太郎の鬼退治じゃいうてな、岡山の人間はたいそうありがたがっとるけど、桃太郎いうのはもともと、中央から遣わされてきた権力者の犬で、退治するべき鬼いうのが、岡山を含む吉備《きび》の人らじゃったわけよ。ということは、岡山の人間は、自分らを征伐するためにやってきた敵を崇《あが》め、奉っとるというわけじゃな。本末転倒とは、このことじゃ。情けない」

そんな、自称「左派思想家」の父の言葉を、私はぼんやりと思い出していた。

父は「中央、お上《かみ》、権力、階級、天皇制」などを十把《じっぱ》一からげにして、嫌っている。私が古典の予習をしていると、「やめとけ、『源氏物語』なんか。所詮《しょせん》、天皇家の色恋沙汰《ざた》に過ぎん。お父ちゃんは好かん」と、切って捨てる。会社では、労働組合運動に力を入れ過ぎているため、「いつまで経《た》っても出世できんのじゃ」とは、母の弁。しかしながら、私が中学校で「学校始まって以来の不祥事」を起こしたとき、父だけは「ようやった」と、私の味方をしてくれた。私の反骨精神は、父譲りなのかもしれない。

あーあ、この分だと、バスが歩道を暴走でもしない限り、私たちの遅刻は確実だ。いつまで経っても動かないバスのなかで、いつまで経っても遠ざかってくれないももたろう病院を見つめている私に、隣から、涼やかな声がふりかかってきた。肩の上でまっすぐに切り揃《そろ》えられたマミの髪の毛から、りんごみたいな香りがふわっと漂ってくる。

「なあ、杉本さん、きょうの一時間め、誰なん？」

一時間めの科目は？　ではなくて、誰なん？　とたずねてくるのは、A高の生徒ならでは。

「……立川」

いちばん口にしたくない、ワーストな名前を、私は口にする。

「らっきょ頭の立川か、それは困ったなぁ。かわいそうになぁ」

マミは心底、同情してくれる。一時間めは教室のうしろで、みじめったらしい案山子《かかし》になる私に。

「あたしは朝吹《あさぶき》じゃから、どうってことないわ。あんなもん、塩をかけたら、終わりじゃ」

朝吹は倫理の教師で、遅刻してきても、女子ならすぐに座らせてくれる。朝吹は、若い独身男性。おそらく、遅刻してきたマミの姿を目にしただけで、よだれを垂らして「よしよしいい子、よく遅れてきたね」と、頭を撫《な》でんばかりに蕩《とろ》けてしまうに違いない。朝吹の別名は、なめくじという。

手のひらの上に広げていた単語帳をぱたっと閉じて、マミは言った。

「だいじょうぶじゃ、杉本さん。あたしがいっしょに立川回避をしてあげるわ。あんな極悪非道な教師に、黙って苛《いた》ぶられることはない。女がすたる。あたしがなんとかしちゃるから、任しとき」

お、女がすたる？

かっこいい！　と、私はまた思った。美少女のマミがこういう台詞《せりふ》を言うと、ピシッと決まるのだ。

それにしても、立川回避とはなんぞや？

立川を回避する？　そんなこと、できるの？　どうやって、回避するの？

矢継ぎ早にたずねたかったけれど、私は疑問符を呑《の》み込んだまま、しばらくのあいだ黙って、バスに揺られていた。なぜなら、マミは「任しとき」と言ったあと、単語帳のかわりに今度は文庫本を取り出して、活字の世界の住人になったから。彼女の読書の邪魔をしたくないと思った。それでも私は好奇心を抑えることができず、脇からちらっとマミの読んでいる本を盗み見た。

「あ？　これ？　これはね、ふふっ」

気づいたマミが、カバーを見せてくれた。

マミが読んでいたのは、アメリカ映画『ラブ・ストーリー』の翻訳本。カバーには、恋人たちを演じたアリー・マックグロウとライアン・オニールの写真が印刷されている。帯のキャッチフレーズは「愛とは決して後悔しないこと」。

実はそのとき、私の鞄のなかにも、読みかけの文庫本が一冊、入っていた。でも、恥ずかしくて、取り出せなかった。血の滴るような赤いカバーにくるまれた『仮面の告白』。作者の三島由紀夫は去年の十一月の終わり頃、自らが主宰する「楯《たて》の会」の会員四人を従えて、東京の市ヶ谷にある自衛隊に乱入し、クーデターを起こそうとして失敗、現場で割腹自殺をし、会員のひとりが日本刀で彼の首を斬《き》り落とした。翌朝の朝刊には、三島由紀夫の首が床にごろんと転がっている写真が出ていた。まだ記憶に新しい、生々しい事件だ。『仮面の告白』の前に私が読んでいたのは、父の本棚に並んでいた『蟹工船』で、その前は確か『怒りの葡萄』だった。私の好みは、硬派な小説なのだ。好きな作家は、大江健三郎と安部公房と吉行淳之介。吉行淳之介の娼婦《しょうふ》小説が「硬派」かどうかはわからないけれど、彼の文章は硬派だと私は思っている。

ラブストーリーに夢中になっているマミの隣で、私は何か難しい考えごとでもしているようなふりをして、「立川回避とは何か」について、思いを巡らせていた。何しろあれの二日めなので、頭はぼーっとしているし、おなかもどよーんと重苦しい。けれど、それとは裏腹に、心のなかは期待ではち切れそうになっている。何かとってもいいことが、胸がどきどきするような素晴らしいことが、これから起こるに違いない。そんな予感だけがある。

予感は、見事に当たった。的中した。

バスが十五分以上も遅れて、市内の中心にあるターミナルの、ひとつ手前のバス停「表《おもて》町《ちょう》商店街入口」に着いたとき、私たちは立ち上がった。マミが先にすっくと、私はマミに釣られるようにして。ふたり、前後に並んで、足早に通路を歩いて、バスの出口に向かっているとき、マミが一度だけ私の方をふり返って、微笑《ほほえ》んだ。余裕の笑みだと思った。確信犯の笑み。共犯者同士の笑み。

ああ、私の青春はこれから始まるんだな、と、私は思った。確信した。天啓を得たと言っても過言ではない。事実は、小説より奇なりと言われているが、私たちの「事実」には、生成《きな》りの羽が生えていた。

立川回避とは要するに、サボタージュ、いわゆる「サボリ」。やってみると、それはいとも簡単なことだった。どうせ立たされるだけの一時間めを、大根みたいにすっぽり引き抜いてしまえばよかったのだ。マミが教えてくれた。なろうと思えば、素敵で軽くて自由な小鳥に、私たちはなれるのだということを。翼を広げれば、どこへでも、好きなところまで、飛んでいけるのだと。

私の青春は、マミが連れてきてくれた。私の青春はあの朝、マミが面影橋から、颯爽《さっそう》とバスに乗り込んできた瞬間に、始まった——。

「じゃあ、杉本に、つづきを読んでもらおうか、杉本」

「………」

「杉本香織！　おらんのか？　返事は？」

美しくもほろ甘い私の回想場面は、心ない教師の声で、ぶった切られてしまった。

本日の三時間め、退屈なだけの英文解釈。教師は担任の高樹《たかぎ》。通称「ブー」。

こんな難解な英文をだらだら読んでいる暇があったら、気の利いた英会話のひとつでも教えて欲しい。脚の長い外国人——岡山では、犬のようにくんくん匂《にお》いを嗅《か》ぎながら歩いても、当たることのない棒のようなもの——に道をたずねられたとき、さっと教えてあげられるように。

「はい」

ぐうぐう鳴っているおなかの音を、まわりの生徒たちに気取られないように、私は大きな声を張り上げて、英文を朗読する。発音もアクセントもむちゃくちゃだ。LもRもいっしょくた。アメリカ人じゃないんだから、逆立ちしたって、英語風には読めない。

「よし、杉本、そこまででいい。よくできました」

読み終えて着席したとたん、再びおなかがきゅるるるるっと鳴った。私のおなかは、巻き舌の「る」の発音が上手だ。まるでイタリア人みたいに。

ふー、それにしても、おなかがすいたなぁ。

十時半をまわった頃、すなわち、三時間めが始まって十分が経過した頃から、私のおなかはいつも騒ぎ始める。下手な弦楽器のチューニングみたいに。

深夜に及ぶ読書のせいで、朝はたいていぎりぎりまで寝ているから、コーヒーを飲みながら、トーストを半分ほど囓《かじ》るのが関の山。今朝も、目玉焼きとポテトサラダは、育ち盛りの弟にくれてやった。

あーん、スパゲティ・ナポリタン、食べたいなぁ。粉チーズをいっぱい、タバスコをちょこっと振りかけて、フォークにくるくる巻きつけて。

頭の半分ではそんな想像をしながらも、残り半分では、母が今朝、つくってくれたお弁当の中身を思い浮かべている。卵焼き、ほうれん草とキャベツの炒《いた》めもの、おからに塩鯖《しおさば》。ごはんには、私の好きなふりかけがかかっている？　それとも祖母の手づくりの梅干し？

あ！　そうだ、そうだった。

空想場面はそこで途切れて、私は空腹な現実にもどる。

四時間めは家庭科だ。家庭科の時間には、Ｃ組とＤ組の女子は、広い実習室で合同授業を受ける。Ｃ組には、マミがいる。私はマミといっしょに、きょうも、ちょっとだけ、悪いことをする。お弁当を、授業中にこっそり食べる。通称「早弁」。楽しみで、たまらない。わくわくする。胸ではなくておなかが躍る。花の女子高校生にとって、ちょっと悪いことはものすごく、楽しいのだった。

太陽がくれた季節

中間試験の終わった六月の昼下がり。マミと私は、表町商店街の近くまで来ると、信号のない交差点を岡山駅の方向に折れ、いくつかの裏通りを通り抜け、細い路地の突きあたりに向かって歩いていった。

あたりは、なんとはなしにごちゃごちゃした住宅街で、古そうな家とぼろっちい家のすきまを埋めるようにして、新旧入り交じった飲食店やアパートや正体不明な建物がちまちまと立っている。そのすぐ先の大通りに出ると、そこには、大型デパートや高級ホテルやぴかぴかのビジネス街が広がっていて、まるで、古い時代のそばに、新しい時代が建ち並んでいるかのようだ。

私たちの目指す喫茶店の名前は、

「純喫茶　サンルーム」

路上に置かれている看板には、そう書かれている。

右隣は、昼間っからお酒を出しているおでん屋さんで、左隣は汚い——でもきっと、味はよくて量は多いのだろう——ラーメン屋さん。どちらの店も、おじさん、おっさん、おやじたちで、いつもむさ苦しく賑《にぎ》わっている。おでん屋さんでしこたま飲んだあと、ラーメン屋さんで締めくくる人が多いみたいだ。ラーメン屋さんのあと、路上でゲロを吐いている人を何度も見かけたことがあると、マミは言っていた。そんな界隈《かいわい》にあって、サンルームはあくまでも純粋で、ピュアで、清らかで麗しい乙女たちのたまり場、もとい、集う場所。だから「純・喫茶」なのだよ、と、私たちは解釈している。

サンルーム、すなわち、燦々《さんさん》と射し込む、太陽の部屋。

ここは先月、生まれて初めてのサボタージュ、すなわち、らっきょ頭の陰険立川回避をするために、マミに連れてきてもらった、輝かしい場所なのだ。

五月の連休が明けたばかりだった、雨降りのあの日。雨降りなのにバスに乗っていたから、憂鬱《ゆううつ》な「女になっていた」からこそ、マミと知り合えた、あの日。

「マミちゃん、いらっしゃい」

「マスター、おはよう！　きょうは友だちといっしょに朝勉しに来たよ」

マミが私を、さらっと「友だち」と言ってくれたことが、ものすごくうれしかったのを、いまだによく覚えている。「朝勉」というのは、サボタージュのこと。言文一致とは、まさにこのことだろう。

「了解。しっかり勉強していってな。ええっと、そちらは」

「うん、この子な、杉本香織っていうの。バスのなかで知り合《お》うたん。あたしは前々から知っとったんじゃけど。知性の香りがするじゃろ、じゃから、カオリいうんよ」

マミがそんな戯《たわ》けたことを言って、カウンターの向こう側に立っていたマスターに、私のことを紹介してくれた。知性の香り、などと言われて、私は照れくさくてたまらず、うつむいて、頰《ほお》を紅潮させていた。

そんな私に対して、マミは、

「そうじゃ、杉本さん、今からカオって呼んでもええ？　あたしのことは、マミでええから」

うす桃色に染まった桜の頰が、耳までまっ赤な薔薇《ばら》になるようなことを言ってくれたのだった——。

さ、着いた、着いた。

「こんちはー」

「おっ、いらっしゃい。すずめたち、試験、終わったか？」

「終わった終わった、無事、終わったよ」

「それはそれは、お疲れさま。ささ、どうぞ、奥へ」

「指定席、空いてるの？」

「空いてるよ。だって、わざわざ空けといたんだからね。きみたちのために」

「うわぁ、マスター、ありがとう。ずいぶん気が利くね。よっ、水も滴るいい男！」

打てば響くような、マミとマスターの会話。

どっちがお客で、どっちがお店の人なのか、私は一瞬、わからなくなる。マスターは年の頃、三十代後半くらいか。小柄で細身で、これと言った特徴はない。ごく普通な人。なのだけれど、その「普通」なところがいい。安心できるし、好感が持てる。優しい大人だ。女子高校生の味方であり、理解者でもある。マミは、中学生の頃からこのお店の常連客で、マスターとは、兄妹みたいな間柄なのだそうだ。

指定席というのは、店の一番奥のテーブル席のことで、そこからは、入口の扉をあけて入店してくる人の姿はよく見えるのだけれど、反対に、外から入ってくる人の目には、その席に座っている人の姿は見えない。なぜか、そんなふうになっている。死角と言えばいいのか。

「カオはこっちね。しっかり監視を頼んだよ」

何を監視するのかって？　それは、あとですぐに判明する。

マミに指示されて、私は入口の扉のよく見える席に座った。従って、マミは私の向かい側に。私はアイスミルクティを、マミはレモンスカッシュを注文した。

注文を終えるなり、マミは私の顔をのぞき込むようにして、畳みかけてきた。

「で、カオ。最終的な返事は？　決心してくれたよな。当然イエスじゃろ？　イエスに決まっとるわな。あたし、そのつもりで来たんじゃし、失望させせんといてな」

そこまでを一気に言うと、私の返事を待たず、かたわらに投げ出してあったぺっちゃんこの鞄《かばん》を引き寄せ、なかからすっと取り出した小さなものを、テーブルの上に置いた。白っぽい四角い紙の箱。銀色の星が散らばっている。セブンスター。まだ、封は切られていない。セロハンに包まれたままの、七つの星。

私はそれを見ただけで、なんだかドギマギしてしまう。情けない。不甲斐《ふがい》ない。

マミは涼しい顔をして立ち上がり、

「マスター、マッチ、もらうね」

と、レジの近くでマスターに声をかけてから、太陽のイラストの入った店のマッチを手に取り席にもどってくる。同時に、マミと私は、店内に素早く視線を走らせて、不審な客がいないかどうかをチェックする。

カウンター席には、常連客が三人。営業マンと、近所のおじさんと、買い物の途中で立ち寄ったらしいおばあさん。三人は、マスターを交えて世間話をしている。話題は、世間を騒がせている学生運動について。テーブル席には、子ども連れの母親グループと、背広姿のサラリーマンが数人。特に、怪しい人はいないようだ。

さあ、不良すずめの放課後が、これから始まる。

ちょっと悪いことだけれど、ものすごく楽しいこと。

マミは私に、そんな禁じられた遊びを三つ、教えてくれた。正確には、教えようとしてくれている、と言うべきか。

ひとつめは、サボタージュ。

これは、憲法でも保障されている、基本的人権と個人の自由と尊厳を守るための、必要不可欠な行動であるからして、悪いこと、と言っても法律で許されるべき、かつ、認められるべき行為にほかならない。

ふたつめは、早弁。

これは、悪いことであるというよりも、生命力保持のために必要な栄養素を摂取する、という意味ではやはり、必要不可欠な行動であろう。退屈でたまらない家庭科の時間に、マミと私はいつも、これを決行する。だいたい、なんで女子だけが、県立高校の教室で、料理とか裁縫とか、誰もが家で適当にやったり、やらされたりしていることをわざわざ「お勉強」しないといけないのか、理解に苦しむ。「季節の衣服計画と整理」――要は、箪《たん》笥《す》のなかの衣類を掻《か》き回すだけのこと――なんて、そんなもの、わざわざ勉強するか？　あきれてしまって、ものも言えない。本気で聞いていると、脳味噌《のうみそ》が豆腐になってしまう。

しかしながら、そのような授業時間に隠れてお弁当を食べる、というのは、これはもう、

たまらなく刺激的。脳の活性化にもつながる。おまけに、早弁をしたあとのお昼休みには

さらに、マミと私は、校内で唯一の食堂、通称「うどん小屋」で、おうどんを食べる。育ち盛りのティーンエイジャーにとって、炭水化物の過剰摂取は、健康上、避けて通れない行為にほかならない。しかも、うどん小屋には、かっこいい男子やあこがれの先輩がたむろしている、という、目にも舌にも贅沢《ぜいたく》なフルコースが待っている。

そして、三つめは――

目の前のセブンスターである。

実は、この三つめが私には難関で、何度か果敢にチャレンジしてはみたものの、まだ煙がうまく通り抜けることのできない、私の気管支は、詰まった煙突みたいなのである。

「マミ、ごめんな。あのことだけど、私には、やっぱり無理……」

言い淀《よど》んでいる私をよそに、いかにも慣れた手つきで、マミは煙草《タバコ》をくるんでいる透明なセロハンの封をあける。銀紙を破る。その指先まで、美しい。なかから一本、取り出すと、コンコンコン、コンコンコン、と、フィルターの部分を下にして、テーブルを叩《たた》く。なぜ、なんのために、そのようなことをするのか、私にはよくわからないのだけれど、でもその行為は、マミがやると、とっても素敵なのだ。私が同じことをしても、ださいだけなのに。

「んなこと、ないよ。だいたい、無理かどうか、やってみないとわからんじゃろ?」

言いながら、マミは、マッチをシュッと擦る。くわえた煙草の先に火を点《つ》けて、吸い込む。吸い込んで、青い煙を吐き出す。と同時に、マッチの火を吹き消す。その一連の動作の、大人っぽいことと言ったら。見ているだけで、うっとりする。

「間違っても、鼻から出したらいけんよ。煙を出すときには必ず、口から。唇の形にも気をつけて。こんな風にして、きれいに、エレガントに」

と、マミはかつて、何度も、煙の吐き出し方を実践的に教えてくれた。が、私はどうあがいてもエレガントになどできず、噎《む》せて、目に涙を溜《た》め、ぜいぜいゴホゴホ、咳《せ》き込むだけだった。そんな私を、マスターはカウンターの向こう側から、包み込むような笑顔で見守ってくれていた。マスターは「禁煙なんか、大人になってからすればいい。若いうちにできることは、若いうちに全部やっておくべき」という、太っ腹な考え方の持ち主なのだ。仮に私たちが気づかなくても、補導員らしき人物が入店してきたら、マスターはすかさず私たちに知らせてくれ、テーブルの上の灰皿をさっと下げてくれたりもする。普通な人のふりをしているけれど、マスターはほんとは、かなりな悪《ワル》なのかもしれない。私たちの知らない、別の顔を持っているのかも。

ほら、もう一度、やってごらん。やればできるよ。

吸い込んで、胸の奥の奥まで吸い込んで、いったん「くっ」と止めてから、吐き出すんよ。うまく吸えたら、煙突に煙がすーっと通るみたいになるから、さ、やってごらん。

しかし、きょうのマミは、そうは言わない。

私に煙草を教えることを、あきらめてしまったのだろうか。

そうではない。きょうのマミには、煙草よりももっと重要なミッションがあるのだ。そう、マミは私に「返事」を求めている。あのことに関して。わかっている。きょうは、きちんと返事をしないといけない。これ以上、返事を延ばしたり、うやむやにしたりすれば、私たちの友情に、ひびが入るかもしれない。

「お願いがある」と、胸の前で両手を合わせたマミから頼まれたのは、一週間ほど前のことだった。

「演劇部に入って欲しい」

と、マミは言わなかった。

「演劇部の創立メンバーになって欲しい」

と、マミは言った。

なぜなら、A高にはそもそも、演劇部というものがないからだ。いや、昔はあったらしいのだが、いつのまにか消滅してしまい、今は、空っぽの部室だけがあとに残されている。演劇部に限らず、A高校には、そのような部がめっぽう多い。形式上は存在していても、実態のない幽霊部。あるのかないのかわからないような、影の薄い部。なんとなればA高校では、文化部からスポーツクラブまでをひっくるめて、部活やクラブ活動などをまったく奨励していないからである。では、何を奨励しているのかというと、受験勉強。とにもかくにも、国公立大学の合格率を上げることに、先生も学校も必死なのである。

「そんな青春、詰まらんじゃろ？　勉強も大切じゃけど、みんなで力を合わせて、ひとつのイベントを盛り上げるみたいなこと、やってみたいと思わん？　人生に一度きりの青春時代に」

だから、演劇部を創立したい、と、マミは語った。

「メンバーは今んとこ、まあまあ揃《そろ》っとるんよ。じゃけど、あたしはカオにも参加して欲しいの、どうしても」

「……無理……な気がする。ごめんなぁ」

私は、家が遠いことを理由にして、ひとまず辞退の意向を明らかにした。本当の理由はほかにも色々あったけど、ひとまず。

マミはあきらめなかった。

「なぁんじゃ、そんな理由か。じゃったら、カオだけは、遅くまで練習せんでもええように、取りはからうし、土日とか休日なら、平気じゃろ？　夏休みとか冬休みとか」

私はすかさず、理由その2を述べた。

「演劇なんて、自信がないもん。まったくない。だって私、マミみたいな美人でもないし、こんなぶあつい眼鏡だってかけてるし、舞台に立って役を演じるなんて無理。絶対に無理じゃわ。人前で発言するのも苦手なのに」

美人じゃない。演技もできない。自信がない。「ない」「ない」「ない」を私はくり返した。その途中で、マミは口を挟んだ。

「そんなことを心配しとったんか。カオったら、阿呆《あほう》じゃやなぁ」

岡山では「馬鹿」とは言わない。そんなことを言ったら、馬と鹿に悪い、という動物に対する思いやりなのかどうかは知らないけれど、馬鹿とは、言わない。代わりに「阿呆《あほう》」と言う。「アホ」とも言わない。「阿呆」という言葉をカタカナ二文字に縮めるなんて、言葉に失礼とは、誰も思っていないだろうが。

マミはにっこり笑ったあと、急にまじめな表情になって、言った。

「大丈夫。演技なんて、誰にでもできる。練習すれば、うまくなる。だって、カオだって、親や教師の前では、いっつも演技しとらん？　しょっちゅう、別の誰かになったりしとらん？」

確かに……

それからマミはふふっと笑った。余裕の笑みだった。

「それに、カオはな、そりゃあ、絶世の美女というと嘘《うそ》になるけど、ブスじゃないよ。可《か》愛《わい》いよ。自分で自分の魅力に気づいていないだけ。カオは、眼鏡をかけたままでも知的で素敵だし、はずしたら、すごく可愛いってこと、あたしは知ってるし、みんなもわかってる。それに、カオの声は、低音の魅力で、ぞくぞくっとくるよ。だから、なんにも心配しなくていい」

「へっ！」

と、私はなんだか、素《す》っ頓狂《とんきょう》な声を出してしまった。まるで、時代劇に出てくる駕籠《かご》かきのおっさんみたいな。

マミの言ったことを鵜《う》呑《の》みにしていいものかどうか、迷いながらも、心の一部がふにゃふにゃになるくらい、うれしかった。でも、だから「入ります！」とは即答できなかった。疑心暗鬼。それに、私にはまだ、理由その3があった。でもそれについてはまだ、マミには話せないし、話したくない。第一、話しても、わかってもらえるかどうか。

そんなこんなで、その日は「じゃあ、中間テストが終わるまで待って。時間をかけて考えてみるから」と、私はその場しのぎの返答をしておいたのだった。

「ほんとにごめん！　色々考えたんじゃけど、無理じゃわ、やっぱり」

無理にはふたつの意味がある。煙草も演劇部も、私には無理という意味。

マミは、テーブルの上のレモンスカッシュに突き刺さっているストローに唇をつけ、煙草の吸いさしを灰皿の上に軽く押しつけて、エレガントに消したあと――ぐりぐり押しつけたり、折れるほどきつく押さえつけて消すのは、みっともなくて、無作法で、煙草に対して失礼な行為である、というのがマミの消火美学——私の方を向いて、言った。

「無理って？　なんじゃ、まだ結論、出とらんの？」

「そうじゃなくて、だから、ごめん……」

「しょうがないなぁ、カオったら、往生際が悪いなぁ。清水《きよみず》の舞台というのは、飛び降りるためにあるんよ」

マミはそう言ったあと、ぱっと表情を輝かせて、

「そうじゃ、ひらめいた。いい考えがあるわ！」

と言った。いい考えというからには、悪い考えに違いない。

私の推察は、見事に当たっていた。

マミは言った。だったら、煙草に決めてもらおうよ、と。

煙草占い？

「カオがきょう、ちゃんと吸えたら、演劇部のことは忘れていいよ。あたしもすっぱりあきらめる。だけど、吸えなかったら、入ってもらう。それで、どう？」

絶体絶命だと思った。煙草一本に、運命がかかっている。たかが煙草、されど煙草。煙草ごときに運命を左右されるなんて、許せない。ええい、こうなったらもう、あとへは引けない。私の運命を左右するのは、私しかいない。

「わかった。やってみる」

私は覚悟を決めた。

「よっしゃ、ほんじゃあ、念のために、席を替わろうか」

マミが監視役に回ってくれる。確かに、吸えもしないのに補導だけされたら、泣き面《つら》に蜂《はち》だ。

テーブルの上のセブンスターを取り上げ、なかから一本取り出し、コンコンコンは省いて、乾いた唇と唇のあいだにくわえると、私はマッチでブシュッと火を点けた。勢い余って、火がぼうっと燃え上がり、人さし指の先が焦げそうになった。

「オチチ」

なんだかイヤらしい言葉が口を突いて出てしまったが、気にしている場合じゃない。私は煙を思い切り吸い込んで、胸の奥の奥の奥まで吸って、吸って、吸って……

次の瞬間、あ！　貫通した！　トンネルを抜け出した！　夜の底が白い。肺の底も白い煙でいっぱい。雪国だ。川端康成。ノーベル賞。だけど、私は谷崎潤一郎の方が好き。喉から食道にかけて、そんな文学的な感触があった。そうか、これが、あれか、と、思った。思いながら、私はゆっくりと煙を吐き出した。記念すべき煙の初貫通。もしかしたら、鼻の穴からも出ていたかも。

マミが目をまん丸くして、私の顔を見つめている。音を立てないで、パチパチ、拍手をしている。見ると、カウンターのはしっこにあるレジの前で、マスターも拍手をしている。三人の常連客までが、釣られて、手を叩いてくれているではないか。

「すずめちゃん、合格！　よくできました！」

マスターが祝福の言葉を贈ってくれた。

まるで、入社試験か何かに合格したような気分だ。うれしくなって、私は言った。気がついたら、思わず言ってしまっていたのだ。

「マミ、私、入るよ。決めた。演劇部に入る。創立メンバーになる！」

あれっ。煙草が吸えたら、入らなくてもいいのではなかったか。

そんなことはもう、どうでもよかった。逆もまた真なりだ。

「ほんとぉ？　わお、うれしいな！　やったぜ。みんなも喜ぶよ。ありがとうね！」

マミもうれしそうだった。してやったりの笑顔になっている。

私の笑顔は、やや渋めだったかもしれない。喉にも舌にも煙の味が染み込んでしまっていて、アイスミルクティを飲んでも、氷を舐《な》めても、苦みは消えなかった。でも、悪い感じじゃなかった。自分が急に大人になったような気がして、晴れがましかった。本当は、煙草が吸えたくらいで、人は大人になんか、なれはしないのだけれど、それはさておき。

「じゃあ、あしたね。あした、みんなに紹介するからな。遅れずに来てな」

「うん」

あしたは土曜日だ。午前中の授業が終わったあと、十二時から部室に集まって、ミーティングをするという。

「まぶしい！」

「目がつぶれる！」

サンルームから外に出たとたん、ふたり同時に声を上げた。

すっかり夏の顔になった太陽が、頭上でぎらぎら光っていた。

梅雨が終われば、本格的な夏が始まる。太陽の季節。素足の季節。お尻の青い春がやっと終わって、ページがめくれて、新しい章が始まったのだと私は思った。

マミと私は連れ立って、意気揚々と、きらめく夏の扉の向こう側に足を踏み出していった。

思いとどまるとしたら、あの日、あのときだったのだと、今の私は思う。まだ、あの日なら、引き返せたんだと。まったく違った高校生活が送れたとしたら、あのときが、分岐点。仲間たちにも出会わず、悲喜こもごもなく、けれども、傷つけられたり、傷つけたりすることもない、後悔も自己嫌悪もない、静かで平和で、凪《な》いだ海みたいな、孤独な青春時代。あのとき、目の前には、運命の別れ道があった。でもそれは、ずっとあとになってからわかるもので、そのときの私たちには、わかりっこない。まぶし過ぎて、何も見えていない、太陽がくれた季節。

赤い屋根の家

演劇部の部室――より正確な表現を心がけようとするなら、もと部室、もとい未来の部室――は、向かい合って立つ二棟の、三階建ての校舎と校舎のあいだに、ぽつん、と、打ち捨てられたかのように存在していた。まるで、中原中也の「汚れっちまった悲しみ」みたいに。ぼろっちい、いかにも安っぽい建材を使用して、その場しのぎに建てましたということが見え見えの、お粗末きわまりない小屋だ。各教室の脇にくっついている廊下代わりの細長いテラスや、教室移動をするために通る渡り廊下からも、よく見える。より正確な表現を心がければ、渡り廊下や二階よりも上の教室にいるときには、うす汚れて貧相な屋根だけが見える。もとの色は何色だったのかもわからない、ペンキの剝《は》げた屋根。

土曜日の十二時ちょうど。

午前中の授業と、D組の退屈なホームルームが終わったのは、十一時四十五分くらいだったか。おなかはぺこぺこお辞儀をするばかりで、お臍《へそ》のあたりでは腸がぐうぐう文句をつけていたが、「お昼は食べてこないように」と、あらかじめマミから言い渡されていたので、私はすきっ腹を抱えて、息も絶え絶えになりながら、部室のドアをぎいっと押しあけた。

その瞬間、

「ようこそ！」

「ウェルカム！」

「いらっしゃいませ！」

「待ってました～」

「おこしやす～」

などなど、異口同音、じゃなくて、異口異音の歓迎の言葉と、盛大な拍手に出迎えられた。いきなりの先制歓迎に、眼鏡の奥の瞳《ひとみ》をぱちくりさせながら、私は目の前の女の子たちを見た。

うわあっ、まぶしい、見ていられない、というのが第一印象。

マミのほかに、四人。合計五人。マミはもちろんのことだが、残りの四人がこれまた、揃《そろ》いも揃って、粒ぞろいの美少女ではないか。私と同じクラスの子は、いなかった。同じ中学に通っていた子がひとり、いた。ぎょっとした。仲良しの子ではなかったし、個人的に話をしたこともない子だったけれど、やばいなぁ、と、私は思った。思ったけれど、今さらあとへは退《ひ》けない。

開口一番、マミが言った。

「あともうひとり、来るんじゃけど、ちょっと遅れとるみたい。そのうち来ると思うから、先にメンバーを紹介するね。カオのことはだいたい、みんなには伝えてあるから」

だいたいって、どれくらい？　どこらへんまで？

私は中学時代の同級生――名前は確か木下《きのした》……奈津子《なつこ》――の方をちらっと見ながらも、ポーカーフェイスでうなずいた。

「カオ、なっちんのことは、知っとるよな？」

マミがそう言うと、「なっちん」こと、木下奈津子は私の方へ一歩、ぴょこんと進み出て、にっこり可愛《かわい》く笑った。

そうそう、こんな子だった、と、私は思い出す。中学のときにも演劇部に入っていた。すらりと背が高くて、ほっそりした手足と首、ストンとした胸、まばたきすると、パチパチと音が聞こえてきそうなほど、長いまつげの持ち主。ストレートのおかっぱ頭。まるでお人形さんがそのまま人間になったみたいな子。

ではあるのだけれども。

マミから私に向けられた問いに、なっちんが答えた。

「おう、もちろんじゃ。なんでか言うたら私らな、おんなじ中学じゃったんじゃけえ、なあ杉本書記長、じゃのうて、きょうからはカオじゃったな！　ガハハハ」

なっちんは、大口をあけて笑っている。歯並びは完璧《かんぺき》だ。唇の形も可愛い。姿形はお人形さん、にもかかわらず、なっちんの言葉づかいは、普通の岡山弁よりもさらに、土着感というか、原住民感みたいなものが強い。アクが強いというか、味が濃いというか。声は太くて、ドスまで利いていて、どこぞのおっさんみたいなのだ。すぐあとで、本人から教わったのだけれど、なっちんのご両親は、笠岡《かさおか》市と佐世保《させぼ》市の生まれ。きつい訛《なま》りは、笠岡と佐世保仕込みだと判明した。

杉本書記長、と、なっちんの発した暗号にむりやり蓋《ふた》をするようにして、私は大きな声で答えた。

「そうそう、あんまり話とかは、したことなかったけど、青葉《あおば》中で木下さんのこと、知らん人はおらんかったからね。だって、こんな美人じゃし」

美人と訛りのギャップがすごいし。

「ねえ、カオさん。書記長のお仕事って、大変だったでしょう？　ワタクシも小学生のときね、児童会の副会長だったから、よくわかるの」

小屋にたったひとつしかない窓から、涼やかな風がすぅっと忍び込んできたような声。

声の主は、なっちんよりもさらに背が高くて、背中までのばしたふわふわの髪の毛——校則ではゴムかリボンで結わえないといけないのだが、今は放課後なので、ほどいている——がとってもゴージャスな、もしかしたら二年生なのか、四人のなかでは一番、大人っぽい感じのする子だった。

「書記長って、具体的にはどんなこと、してらしたの？」

あーあ、もう、だから、言わんこっちゃないよ。どう返そうか、返答に詰まっていると、マミが助け船を出してくれた。

「まあまあ、くわしい話はあとにして、紹介を先にしような。はい、メグ様。自己紹介、どうぞ」

メグ様と呼ばれた大人っぽい子は、ふんわりと、はにかみがちに微笑《ほほえ》んだ。

「はじめまして、真田《さなだ》愛美《めぐみ》と申します。東京で生まれ育って、父の仕事の関係で、今年の春から岡山で暮らしてます。愛は美しい、と書いて、めぐみと読みます。マミさんは優美《ゆうみ》で優しい愛でしょ。優しい愛は美しいから、ワタクシはメグなの。そういうわけで、マミさんとはおんなじクラスになって、すぐに意気投合したのね」

わかったような、わからないような、でも、素敵な説明だと思った。声も素敵。優しい声は、美しい。メグ様の場合には、声と口調と容姿がちゃんと釣り合っている。なっちんを「田舎のお姫様」だとすれば、メグ様は「深窓の令嬢」か。

「ふつつかなワタクシですけど、これからどうか、よろしくお願いしますね」

「あ、はい、いえ、こちらこそ」

我知らず、言葉づかいが丁寧になってしまう。私の胸の前にまっすぐにのばされたメグ様の華奢《きゃしゃ》な手を、どぎまぎしながら握って、私はぺこりと頭を下げた。

「ええっと、お次は誰？　どっちにする？　ベスか？　それともエイミーか？」

マミが視線をつつっとのばした先には、ちょっと小柄なふたりの美少女が、小枝と小鳥のように寄り添って、そっと静かにたたずんでいる。「立っている」というよりも、まさに「たたずんでいる」という感じ。

もしかしたら、双子？　それとも姉妹？

ふたりの背後には、体育や美術や家庭科の時間、もしくは部活に使われるべき道具、器具、用具類、音楽の時間、もしくは部活に使われるべき楽器類、もとは楽器だったと思われる正体不明の物体などが、ごちゃごちゃにされたまま、うずたかく、積み上げられている。生徒たちの忘れ物やら落とし物やら、出し忘れられた大型ごみなども交じっているのかもしれない。何しろA高では、体育、音楽、美術などの授業も、部活やクラブ活動と同様に、まったく重視されていないから。だから、もともとは演劇部の部室だったこの部屋は、物置小屋、もしくは、ごみ置き場と化してしまっている——これらの不要品はのちに、大道具、小道具として、りっぱに役目を果たすことになる——わけだが、こうして見目麗しい美少女がたたずんでいると、鶴を引き立たせるりっぱな掃きだめの役割を果たしている。

「はじめまして、あたし、I組の藤原暎子《ふじわらえいこ》。エイミーと呼んでね。カオさんさ、『若草物語』のエイミーって、わかるでしょ？　あたしが末っ子のエイミーで、菊野《きくの》ちゃんがすぐ上の姉のベスなんだ。ね、菊野ちゃん」

エイミーは、小枝と小鳥の、小鳥の方。

エイミーのそばにたたずんでいる小枝、菊野ちゃん、こと、ベスは、頰《ほお》をふっとゆるめはしたものの、黙ったまま、何やら謎《なぞ》めいた微笑みを私の方に向けている。背筋がぞわぞわっとするほど、蠱惑的《こわくてき》な表情だった。

謎の美少女、ベスの謎の沈黙をマミがフォローした。

「ベスの名前は、別所《べっしょ》菊野いうんよ。菊の野原な。一年A組、じゃけど、事情があって浪人しとるから、年は私らよりも一個上。ベスとエイミーのお母さんは姉妹で、ふたりとも、うちのおばあちゃんの書道教室の生徒さんなん。それであたしらも、知り合《お》うたんよ。お母さんが姉妹じゃから、ちょっとだけ似とるじゃろ、このふたり」

ちょっと、どころじゃないよ、と、そのときの私は思っていた。が、それは初対面だからそう感じたのだろうし、髪型も似ていて、同じ制服を着ていたから、いっそう似ているように見えたのだろう。おつきあいが始まってからはすぐに、実はこのふたり、まったく似ていない、どころか、対照的なんだということに気づいた。

夏休みが始まると同時に、男の子みたいなショートカットにしてしまったエイミーは、『若草物語』の末っ子そのままに、明るくて、キュートで、活発で、ぴょんぴょん飛び跳ねている野うさぎみたいな子。

ベスはそれとは正反対で、これまた『若草物語』の三女同様に、髪の毛は三つ編みにしてリボンで結んで、物静かで、おっとりしていて、ピアノもうまくて、ぜんそく気味で、生まれつき、肺と心臓が弱いみたいだった。中学浪人は、この病気のせいだったという。サンルームのマスターに言わせると「病気のせいかどうかはわからんけど、恐ろしいくらい、色気のある子じゃ。男はああいう子にイチコロ。悪い男にだまされんように、みんなで守ってやらんといけんよ」ということになり、その発言を聞いた私たちは目を三角にして「そんなことない。賢いベスは、悪い男にだまされたりしない」と、猛烈に反論したものだったけれど——。

「ベス、何かひとこと」

マミに促されて、ベスはおずおずと声を発した。

「うれしいですぅ」

風邪を引いているような、濡《ぬ》れているような、黒々とした影を感じさせるような、独特な憂いのある声だった。伏し目がちなその表情も、また。

「カオがうちらに加わってくれて、ほんまにうれしい。おおきにな、カオちゃん」

はんなりした関西のアクセント。亡くなられたお父さんが、京都人だったせいだ。一方のエイミーは、岡山弁ではなくて、共通語に近いしゃべり方。

「よろしくね！」

「こちらこそ」

「よろしゅう頼みますぅ」


ベスとエイミーの紹介が終わり、私の自己紹介も無事、つつがなく終了した。演劇部の再・創立メンバーは、部長のマミ、長女のメグ様、三女のベス、末っ子のエイミーに加えて、なっちんと私の合計六人。

と、思いきや、なっちんが、ちいちゃな可愛い鼻の穴を最大限まで広げて息を吸い込み「はあああ」と、口から太く長く息を吐き出したあと——まるで舞台の本番前の深呼吸みたいだった——原住民風岡山弁で言った。

「あとひとり、どがんしたんじゃろうか、遅《お》っせえなあ、ジョーは。どこで道草を食っとるんじゃろう。道草じゃのうて、寿司《すし》でも食っとるんじゃろうか。みんな、腹がぺこぺこで死にそうなのに、どがんしてくれるんじゃ！」

まくし立てながら、なっちんは入口のドアの前まで歩み寄り、ぎったんばったん、ドアをあけたり閉めたりしながら、いらいらしている。なっちんは、このあとですぐに証明されるのだが、いわゆる痩《や》せの大食いなのだ。

「もうじき来るよ。心配せんでも、大丈夫じゃ」

と、マミがなだめれば、長女のメグ様は、

「そうよ、なっちん、落ち着いて。あわてる犬は、もらいが少ないっていうでしょう?」

と、そよ風みたいに言い、末っ子のエイミーは、

「メグ様ったら、違うよ。あわてる猫だよ、猫!」

と、鬼の首を取ったように言い、ベスはゆったりと落ち着いた口調で、

「乞食やと思うけど、せやけどコジキいう言葉は、なんや知らんけど、響きがようないねえ」

などと言う。

「じゃったら、どがん言えばええんよ?」と、ベスに突っ込むなっちん。

「……物もらい、かなぁ?」と、物静かにベス。

「阿呆《あほう》、物もらいいうたら、それは、めばちこのことじゃわ」と、マミ。

「なあに、めばちこって、なんだかとても可愛らしい感じがするけれど」と、メグ様。

私も会話に加わりたくなって、言った。

「ばい菌が入って、まつげの上とか、目のはしっことかに、ぽちっと赤いでき物ができたりして、目が腫《は》れたり、まぶたがあかなくなったりするのが、めばちこ」

すると、メグ様は私の顔をまじまじと見て、目をぱちぱちさせながら、心底、感心しているような表情になった。

「まあ、そうだったの。ぜんぜん知らなかったわ、そんな言葉。カオさんって、ほんとに物知りなのね。マミさんが言ってたとおり、博学で知的な人だわ！ ハウ・ワンダフル！」

あ、いえ、そ、それはちょっと、いくらなんでも言い過ぎというもので、噓《うそ》も方便の方便にもなっていないわけで、めばちこなんて、岡山県人なら、誰でも知ってることなんで、などと思いながら、ひとりで焦っていると、

「だから中学では、書記長をつとめていらしたのね。しっかり納得できました。カオさんには豊かな教養と思想があるのね。なんて心強い同志を、ワタクシたちは獲得できたのでしょう。その眼鏡は伊達なんかではなくて、知性の証《あかし》なんだわ」

メグ様の誤解と妄想は膨らんでいき、私はさらに焦ってしまう。

「いえ、違います。私はただ」

なんとかこの話を、方向転換させねばならないと思い、窓のそばの壁に目をやったときだった。「ああっ」と、私は思わず声を上げていた。自分でも自分の声に驚いてしまうほど、大きな声が出た。なんというタイミングのよさだろう。

壁にかかっている、額入りの写真。額は古びてアンティーク風に見えるものの、それがかえって写真の美しさを引き立てている。写真の写りは鮮明で、プロが撮ったのか、どこからどう見ても、りっぱなアート。目にもあざやかな赤い屋根の家の前に、ひと組の男女が立っている。そのくっつき方から、明らかに、このふたりは恋人同士であるとわかる。

「ああ、それねえ……」

「素敵よねぇ」

「うん」

「うっとりするなぁ」

「しびれるわぁ」

気がついたら、私のまわりに全員が集まってきて、みんなで写真に見入っているではないか。はらぺこのなっちんもいっとき、空腹を忘れてしまっている。口々に漏らされたみんなの吐息と説明を、総合的にまとめると、こうなる。

写真に写っている赤い屋根の家は、なんと、このボロッちい小屋のもとの姿。写っている男女は、かつての演劇部の部員で、男子は「演ボス」と呼ばれていた部長。彼にひしと寄り添っているのは副部長で、毎年ヒロインを演じていた「看板女優」。岡山県青少年演劇コンクール、高校の部で見事、最優秀賞に輝いたその年の出し物は、『ロミオとジュリエット』。言うまでもなく、ロミオを演じたのは演ボスで、ジュリエットを演じたのは看板女優。そこまでなら、よくある「伝説のふたり」で終わってしまうところだが、なんと、このふたりはその後も着実に愛を育み、大学時代の終わり頃に結婚し、幸せな家庭を築いているというではないか。まさに、女の子なら誰でもあこがれる「愛在る結婚」を実現したカップルなのである。

「ああ、ええなぁ」

「ほんと、あたしもこんな人と巡り合って、愛し合って、結婚したいなぁ」

「純愛じゃなぁ」

「ワタクシのあこがれの存在です」

「はぁ…」「ひぃ…」「ふぅ…」「へぇ…」「ほぉ…」「まぁ…」と、六人の吐く、甘く切なくほろ苦いため息が重なり合い、薄く儚《はかな》げな層となり、いつのまにか小屋全体に、ミルフィーユ的な空気が立ち込めていた。

と、そのときだった。

少女たちの夢をぶち壊しにするかのごとく、部室のドアが勢いよくバスーンと開け放たれ、ジョーと思《おぼ》しき人物が登場した。『若草物語』の次女、将来は小説家になる——作者、ルイーザ・メイ・オルコットが自身をモデルにしている——ジョー、こと、上條伊智子《かみじょういちこ》である。

ジョーは、なっちん、メグ様、エイミー、ベス、マミ、私の誰とも、似ても似つかない体つきをしていた。要は、成熟度がいちばん高いということ。豊かなバスト、きゅっとくびれたウェスト、ほどよくでっぱったお尻。同じ制服でも、ジョーが着ると、あか抜けたデザインに見えるから不思議。セーラーカラーの夏物のブラウスから、ちらちらと見え隠れしている胸の谷間。髪の毛には天然パーマがかかっていて、顔立ちは、ハーフかと思えるほど彫りが深く、造作がはっきりしている。こういう人が、将来は女優になるんだろうなぁ、と思いながら、私はジョーに見とれている。実のところ、ジョーは中学時代に、ティーン向けの雑誌のモデルもやっていたという。

「ごめんなぁ、こんなに遅れてしもうて。予約が多かったみたいで、午前中、思いのほか、店の仕事が立て込んでてな。お父ちゃんが手間取ったのと、出前の人が出払ってしもうて、ひとりもおらんかったんよ、ついさっきまで」

そこまで言うと、ジョーはくるりとふり向いて、うしろに立っていた出前の青年と思しき男から、風呂敷《ふろしき》包みと、もうひとつ、何か大きな丸いものを奪うようにして受け取り、

「ほんじゃ、あんたはここで、このまま帰ってええから。お疲れさまじゃった」

まるで女王が家来に命令するように、しっしっと犬を追っ払うかのように、告げた。そして、ゆうに直径一メートル——はなかったかもしれないが——くらいあるように見える寿司桶《おけ》を手につかつかと入ってくるなり、部室の中央に置かれている、卓球台を折りた

たんで半分にしてテーブル代わりにしている台の上に、ドスンと置いた。

その瞬間、歓声が上がった。六人分の、黄色い声とピンクの声。

「わあ、すっごーい」

「何これ、信じられへんわ」

「きれい、美味《おい》しそう、こんなの、見たことなーい」

「うん、見たことないね、こんな、ものすごいごちそう」

「すげえすげえ、よだれが出そうじゃ」

「素晴らしいわ。これ、ジョーさんのお父様の作品なの？」

そうなのだ。ジョーのおうちは、岡山では有名な和食屋さんで、お父さんは板前さんで、お母さんは女将《おかみ》さんで、この華麗なお寿司は、ジョーのご両親とお店から私たちへの贈り物であり、演劇部の創立の前祝いの品でもあったのだ。

ジョーのお父さんは、十代の女の子の好みを考慮してくれたのか、内容は、彩りのきれいな細巻きや太巻き、玉子焼き、海老《えび》やあなごの押し寿司などが中心で、しかも中心から端に向かって、まるで色とりどりの花びらを敷き詰めたかのような、芸術的盛りつけ。しかしながら、「食べるのが惜しい」とは、誰も思っていなかった、と、私は思う。

「みんな、おなか空《す》いとったじゃろ、さ、先に食べような。話はあとでするわ」

と言いながらも、ジョーは私の方を向いて、短く言った。

「あんたがカオじゃな? 私は上條伊智子、通称ジョー。もう、マミから聞いとると思うけど」

「はい、聞いてます」

ジョーは、高校二年生。マミと同じ中学の出身で、マミの先輩に当たる人。マミの家族は、ジョーのおうちのお店「温石《おんじゃく》」の常連さん。

「ひとつ、よろしく頼むわな」

この「ひとつ、よろしく」には、深い深い意味があったのだと、私はすぐあとでガツンと知らされることになる。

「はい」

取り皿を配り終えたマミが、胸の前で可愛く両手を合わせて、

「いただきまーす」

と、歌うように言った。

すると、あたりには「まーす」「まーす」「まーす」と挨拶《あいさつ》が木霊《こだま》する。いや、輪唱か。

割り箸《ばし》がポキポキ、ぱかぱか、割れる音もする。

その後、一転して、静寂。

みんな押し黙って、でも口だけはあけて、猛烈な勢いで、お寿司を食べた。いや、正確な表現を心がけねば。がつがつしていたのは、私、マミ、なっちん、エイミーで、メグ様

とベスは、きわめて上品に、エレガントに食していた。いやはや、育ちというものは、あなどれない。ジョーはあんまりおなかが空いていないのか、持参してきた風呂敷包みを開いて、取り出した水筒から、人数分用意してきたコップに冷たい麦茶を注《つ》ぎ分けたり、お代わりを注いだりしながら、甲斐甲斐《かいがい》しく世話を焼いている。

あっというまに、寿司桶には、空欄ができていく。すかすかになっていく。反対に、おなかは埋まってゆく。ぐいぐい、ぐんぐん、ぐびぐび。胃袋が喜んでいるのがわかる。満足感が全身に広がっていく。ときどき、誰かのげっぷが出る。汚れなき乙女だって、美少女だって、げっぷもおならもする。

十六歳の食欲は、あなどれない。ガリも、わさびも、小さなお魚の形をした容器のなかのお醬油《しょうゆ》すら、残っていない。もちろん、桶には、ご飯粒のひとつぶもくっついていない。すっかり白紙――実際の色は、黒――になった寿司桶を見届けてから、ジョーはおもむろに立ち上がって、言った。

「きょうはみんなに話があるんじゃ。大事な話じゃ。大事じゃけど、残念な話でもあるんじゃわ。ごめんな。最初に謝らせてもらうけど、みんな、ショック受けんと聞いてな」

ほわんと華やいでいた空気が一瞬にして、きゅっと縮まる。何かが蒸発する。

暗転。

だれかが風の中で

大事な話。

大事だけれど、残念な話。

まるで「別れ話」みたいな話の内容は、こうだった。

ジョー、こと、上條伊智子は、幽霊部に成り果てている演劇部の創立というか、復活というか、要は再創設を承認してもらい、公的な部員集め、秋の文化祭における公演をはじめとする部活を学校側から正式に認めてもらうために、幽霊顧問となっている教師、なめくじ、こと、倫理の朝吹のもとを訪れた。

再創設の承認がなぜ大事なのかというと、承認されれば、部を運営していくためのさまざまな費用を出してもらえるし、練習のための施設もおおっぴらに使用できるからである。換言すれば、未許可のまま活動を始めると、たちまち、場所とお金の問題にぶち当たる。立ち稽古《げいこ》をどこでやるか。お金については、小さな金額なら、各自のおこづかいを削って出せるかもしれないけれど、たとえば舞台装置をつくるのにかかる費用、衣装やメイクや小道具、プログラムやビラやちらし、ポスターや宣伝の費用などをどうやって捻出《ねんしゅつ》するか。それもあるし、第一、学校から承認されなかったら、いったいどこで、劇を上演するのか。誰に観《み》てもらうのか。

頭のいいジョーは、ただ職員室を訪ねていって、口頭で説明しただけではない。再創設計画、年間の活動予定、その意義と目的などをきちんとした文書にまとめ、依頼の手紙も添え、校長先生への嘆願書まで付けて、抜かりなく会談に臨んだという。もちろん、美形の女子生徒にめっぽう弱いなめくじだから、そんなことをしなくても、話はまとまるだろうと、誰もが思っていた。ジョーは美人、というだけではなくて、なめくじなんて簡単に溶かしてしまえるほどのグラマラスな容姿の持ち主であるからして。

しかしながら、我々の予想を裏切って、なめくじは「認められない。許可できない。嘆願書も預かれない」と、一刀両断に斬《き》り捨てたというのである。

それだけではない。承認されないまま旗揚げをする――みんな当然、そのつもりでいるわけだが――演劇部に、創立メンバーのひとりとして加わるのであれば、ジョーの内申書に「影響が出るだろう」と、なめくじは宣《のたま》ったらしい。影響が出るだろう、とはすなわち「あることないこと書いてやるぞ」という意味だ。これって、りっぱな脅しではないか。

しかも、なめくじは、私のクラスの担任のブー、こと、高樹と、さらには出身大学の先輩に当たる教頭までを抱き込んで、三層の一枚岩で、私たちの計画を阻止しようとしているという。授業中に、しょっちゅうブーの悪口を言っては、生徒を笑わせているなめくじなのに、こういうときだけ、人を利用するなんて。

「うっそ〜！」

「あいつ、許せん」

「卑怯者《ひきようもの》！」

「くそったれ、腐ったなめくじ」

「かたつむりに食われて死ね！」

「塩壺《しおつぼ》のなかに、放《ほう》り込んでやるわ」

さまざまな罵詈《ばり》雑言《ぞうごん》が飛び交うなか、ジョーは静かに宣言をした。

「こんな不当なことに、当然のことながら、私たちは屈するつもりはない」

マミがきらりと目を光らせた。

「当然じゃ。こうなったら意地でも創立して、見せつけてやるわ。承認なんかもらわなくても、けっこうじゃ。あたしたちはマネキン人形でも、あやつり人形でもない。部を起こすことはできる。活動もできる。我々の底力を強引に、学校側に見せつけるのみじゃ。とにかく、承認せざるを得ない状態に持っていけばええんよ。なっみんな、そうじゃな？」

全員が、力強く、うなずいた。もちろんこの私も例外ではない。困難や苦境を前にして燃え上がるのは、何も恋人同士だけではない。それに私は、不正なことを断固として許さない「潔癖主義」と、父譲りの、権力と闘う「反骨精神」の持ち主なのだ。

柔らかな口調に、折れない枝のような芯を秘めて、メグ様が言った。

「行動で示しましょう。実績をつくりましょう。やればできるんだってことを、口だけじゃなくて、ワタクシたちが行動で示せば、先生も学校もきっと納得すると思うわ。そうよね、ジョーさん」

「その通りじゃ。私は内申書なんかに屈しないし、なめくじにも権力にも屈しない。けど、私は志望校の京大の文学部へは何があっても入りたい。そのためには、どうすればええか？　まず、権力を欺《あざむ》くことが大事じゃと私は思った。じゃから私、当面のあいだ、表向きは演劇部に加わっていないふりをすることにする。そうやって、なめくじを煙に巻いておいて、私は影の部員として働く。地下へもぐってしっかりと活動する。じゃからみんな、安心しててな」

ジョーのあとを追いかけるようにして、「うん」「わかった」「大丈夫じゃ」と言葉がつづく。かっこいい、と、私はジョーの啖呵《たんか》に聞き惚《ほ》れていた。特に、権力を欺く、地下へもぐる、というフレーズが心の琴線に触れた。

お寿司《すし》を食べていたときとはまた違った、ひと味濃い仲間意識、もう一歩、奥へ踏み込んだ連帯感のようなものが、七人のあいだに芽生えているような気がした。

「私らを甘く見たらどうなるか、覚悟しとけよ、朝吹のおっさんら」

ドスを利かせた声で、土着のフランス人形のなっちんはそう言うと、「バン」と音をさせて、自分の手のひらをテーブルの上に置いた。置いたというよりは、叩《たた》きつけたという感じ。すると、マミがその手の甲の上に、自分の手を重ねた。誰も何も言わないのに、次々に、手の甲と手のひらが重なっていった。ベス、エイミー、メグ様、私、最後にジョー。テーブルの上に、手のひらの五重塔ならぬ、七重塔ができあがった。

「がんばろうな」

「がんばる！」

「きばってやるぅ」

「負けへんで」

「よっしゃ〜」

乙女たちの意志は固く、寸分の乱れもなく結束していた。

長いあいだ忘れていた、いや、忘れたふりをしていたある感情が、私の胸のなかにもくもくと、湧《わ》き上がってくるのがわかった。ある感情。それは、忘れたくても忘れられない感情であり、信じたくても信じられない感情であり、もう二度と、味わうこともないだろうし、味わいたくもないと思っていた——

と、そのとき、

「あっ、先生、もうひとつ、追加で上條先生に質問があります」

まるで小学生のように威勢よく、エイミーが挙手をしたことで、手のひらの七重塔は崩れ、私の浸りかけていた感情、もしくは感傷の渦巻きは、消えた。

「はい、藤原さん、なんでしょう？」

すかさず、ジョーが教師のふりをして答える。チョークを持って板書をしていた教師が、生徒の質問を背に受けくるりとふり返ったような体勢で。どうやらこのふたり、生徒と先生という役を、即興で演じようとしているようだ。さすがは、演劇部員。

「先生。先生が地下にもぐられるということは、先生は地下室で、脚本を書いて下さると解釈してよろしいですよね？」

形のいい、くっきりと濃いジョーの眉毛《まゆげ》がちょっとだけ、八の字に下がった。私の目にはそのように映った。

「ああ、そのことなんだけれども、それがですねえ……」

口数の少ないベスが、鋭く何かを察知したのか、ジョーとエイミーのあいだにするりと割り込んできた。まるで、木の葉を散らせる、初秋のそよ風のようだった。

「もしかしたらジョー、脚本は書けへんってこと？　なんでやの？」

「……うん、それは……」

申し訳なさそうに、ジョーはうつむいた。権力に立ち向かおうとする、さっきまでの勢いは、どこにもなかった。

「残念な話っていうのは、こっちが本命？」

　マミが問いかけると、ジョーは、拝む形に手のひらを合わせた。

「ごめんなさい。ほんとにごめんな。謝って済むものではないとわかっとるんじゃけど、この世の中には、がんばっても、どうにもならないこともあるんよ。みんなも、高二になったら、痛いほどわかると思うけど……」

　そうなのだ、A高校では、高二の一学期の半ばに実施される統一模擬テストで、志望校の偏差値に成績が届いていない生徒に対して、高二の夏休みのあいだ中「大学受験強化合宿」なるものへの参加を義務づけており、これに該当する生徒は、県北の蒜山《ひるぜん》高原のたもとにある特別学習センター、通称「強制収容所」に缶詰にされて、朝から晩まで猛烈に勉強をしなくてはならない。演劇部の活動に専念したい一心で、がんばりにがんばったけれど、ジョーはどうしても、合格基準点を満たすことができなかった。夏の合宿で巻き返さないと、志望校の京大を受験できなくなる。なぜならA高では、高三になったとき、志望大学別——国立理系、国立文系、私立理系、私立文系、その他、の順——に、クラス分けがなされるからだ。ジョーは、なんとしてでも、国立文系のクラスに入らねばならない。ゆえに、脚本の執筆はできそうもない。

そんな話を聞かされながら、六人はそれぞれに、ため息をついていた。小さなため息、可愛いため息、長いため息、なっちんだけは、鼻息だったかもしれない。どうやらジョーは、脚本家として、頼みの綱だったらしい。

厳しいんだなぁ、と、私も思っていた。受験戦争って、まさに戦争なんだなと。でも私たちも高二になればたちまち、否応なしにそれに巻き込まれてしまう。だから今、高一である今だからこそ、好きなことをやりたい、思う存分、部活をやりたい。一年だけでいい、青い春を満喫したい。というのが、マミをはじめとするみんなの悲願なんだということも、よく理解できる。

「じゃけど、脚本がなかったら、演劇はできんが」

なっちんがつぶやくと、

「そうね、演劇には、しっかりとした脚本が必要だわ。脚本は、頑丈な梯子《はしご》みたいなもの。梯子がないと、役者たちは屋根の上には登れません」

と、メグ様が言い、

「ジョーが書けんのじゃったら、誰かが書かんといけん。誰か、書ける人？　おらんわな、おらんに決まっとる。みんな、演技ならできるけど、脚本なんてなぁ……」

と、尻すぼみになりながらマミが言い、

「書ける人、ジョーのほかには、いないよ！」

と、エイミーがまとめた。「えーん」と、子どもの泣き真似《まね》までして。でもジョーは、子をなだめようとする親を演じたりはしない。

部室のなかに、淀んだ空気が立ち込めた。学校の承認も得られず、脚本もなしで、いったいどうやって進んでいったらいいのか。

誰かが椅子《いす》に腰をおろすと、なんとはなしに全員、近くにあった椅子に座った。意気消沈して、立っていられなくなった、くずおれた、そんな感じがした。座ったまま、みんな微妙に違った方向を見て、目と目を合わせないようにして黙っている。ジョーも唇を噛《か》みしめている。ジョーを責めたって仕方がないし、責めるべきではないとわかっている。だけど、みんなそれぞれに「脚本なんて、自分には書けない」とも思っている。思いながらも、みんな、誰かが何かを言うのを待っている。どこかから、一陣の風が吹いてきて、淀んだ空気を吹き飛ばしてくれるのを待っている。

私は偶然、私の視線の先にあった「ロミオとジュリエット」の写真を見つめていた。無味乾燥な受験校のこの高校から、こんなにもロマンチックなカップルが生まれたのか、奇跡だなこれは、などと思いながら。私の脳内で再び、あの感情の渦巻きが発生する気配を感じていた。

もう二度と味わうことはないだろうし、味わいたくもないと思っていた、あの感情——

ふっと、急ハンドルを切るようにして、ジョーが私の方を見た。

「でな、打開策として、ここはカオにひとつ、相談なんじゃけど。カオ、あんた、書けんかなぁ、脚本。カオなら書けると、私は思うんじゃけど」

「えっ」

と言ったきり、私は何も言えなくなった。なぜ？　ジョーがいきなり名指しで、なぜ私に？　どうして？

「風の噂《うわさ》に聞いたけど、カオは読書家で作文が上手で、中学時代には県の作文コンクールでも何度か、入選したこと、あったんじゃろ？　カオは文章を書くのが好きで得意なんと違う？」

風の噂か。正しくは、風のたよりか。ジョーのおうちはお店だから、お客さんのなかに、関係者がいたのか。それともこれも、なっちん情報？

「そうじゃそうじゃ、三度のごはんよりも小説の大好きな、妄想文学少女のカオじゃったら、絶対に書けるわ。灯台もと暗しじゃった。あたしがそれに気づくべきじゃった」

と、すかさずマミがジョーの後押し発言をする。

つかのまの沈黙。六人の視線が私に集中している。視線は集まっているが、言葉はまだ発せられない。それぞれの胸のなかにだけ、ある。色とりどりの饒舌《じょうぜつ》な沈黙。

それを破ったのは、私だった。無意識のうちに、私は椅子からすっくと立ち上がっていた。自分で自分の取った行動に驚きながらも、私はこう言った。

「私でよかったら、書かせてもらいます。喜んで」

一瞬だけ、だったけれど、まるで舞台に立ってスポットライトを浴びているような気分になっていた。台詞《せりふ》を言い終えたとき、あたりの空気がふるっと揺れて、小さな素敵なピンク色の竜巻が、リボンみたいにくるくるくるっと巻き起こった。

気がついたら、みんなが私のまわりに集まってきていた。そして、みんなは私のまわりでパチパチパチパチパチ、拍手をしてくれているではないか。

「カオ、ありがとう！」

「そうこなくっちゃ」

「さすがはカオじゃ」

「カオちゃん、大好きや！」

「マミさんが言ってただけのこと、あるわね」

マミは何を言ったのか？

「うん、じゃから言うたじゃろ。筋金入りの書記長じゃったんじゃからな、この人は」

得意満面でうなずいているマミに、メグ様が同意する。

「そうね、青葉中に革命を起こそうとした、ジャンヌ・ダルクさんですものね」

ジャ、ジャンヌ・ダルクとはまたなんと、大げさな。あれは革命と呼べるほどのものでは……なかったんだけど、でも、いったい、誰がマミにあの話を？

と、思いながら、同時に私はなっちんの顔をちらりと見た。

なっちんは肩を可愛くすくめて、くりくりっとした目の片方をぱちっと閉じた。まつげが長いから、本当に「ぱちっ」という、音が聞こえたような気がした。

なんだ、ばれていたのか。

なっちんがばらしてしまって、マミを含めてみんな、知っていたんだなと思った。そう、バスのなかで知り合ったとき、マミが私の名前を覚えていたのは、なっちんがすべてをばらしていたからだったのだ。

名づけて「授業ボイコット事件」。

私がすんなりと、マミの依頼を受けて演劇部の再創設メンバーに加わることを躊躇《ちゅうちょ》していた理由、その3。

青葉中で生徒会の書記長を務めていた私は、ボイコットを指揮した中心人物のひとりだった。特定の生徒を優遇し、特定の生徒を執拗《しつよう》にいじめている教師がいて、改善するように申し入れてもいっこうに聞き入れてもらえなかったため、その教師の授業を、クラスの生徒全員でボイコットして抗議しようという行動を計画した。ミーティングを重ね、全員の意志を確認し合い、用意周到、かつ綿密、かつ緻密《ちみつ》な計画を立てていた、はずだった。

「そりゃあ、おめえ、ボイコットするしかねえで」

と、私に入れ知恵をしてくれたのは、ほかならぬ、父だった。父は若かりし頃、ありとあらゆるデモに参加し、流血騒ぎまで起こしたことのある、自称「権力と闘う男」。しかし、父は教えてくれなかった。デモやボイコットや連帯には、常に仲間内の裏切りがつきものであるということを。

ボイコット当日、蓋《ふた》をあけてみれば、結果は惨憺《さんたん》たるものだった。なんと、七十パーセント以上の生徒が事前の約束を反故《ほご》にして、ごく普通に授業を受けたのである。ショックだった。人は人を、あんなにも簡単に裏切ってしまえるのかと思った。さらにショックだったのは、結束の固かったはずの生徒会自体が分裂してしまったこと。あろうことか、生徒会のメンバーたちは、互いに罪のなすりつけ合いを始めてしまい、結局、私ひとりが首謀者で、杉本香織ひとりがこの事件を起こした、ということになってしまった。それ以来、私は「仲間」「みんなで何かをやる」「集団行動」「一致団結」などに対して、異常なまでの不信感を抱きつづけてきた。

もう二度と味わいたくないと思っていた感情とは――

この部室で、さっきから何度か、胸に湧き上がってきたある感情とは――

それは「友情」だった。

みんなでひとつになって、何かをするということ。力を合わせて、ひとつのものを創《つく》り上げるということ。それを支える、友情。損得を抜きにした、純粋な思いやり、共感、共嗚、愛と献身の気持ち。

授業ボイコット失敗事件以来、私は、友情なんて絶対に信じないと思いつづけてきた。友情も、友だちも、仲間もいらない。私は孤独な一匹狼《いっぴきおおかみ》でいい。飼い慣らされた羊の集団の一員なんて、まっぴらごめんだ。友情をそのように激しく否定する心の裏側には、信じたい、欲しい、という思いがぴたりと貼《は》りついていた。否定しながらも、私は切実に求めていたのかもしれない。友情という、心地いい南風のような感情を、もう一度、信じ、味わい、抱きたい、と。だから、マミが私を見つけてくれたとき、私はあんなにもうれしかったのだ。

ついさっき、みんなでお寿司を食べているときに交わした会話を、私は思い出していた。私が「コンタクトレンズを買うために、おこづかいを貯金している」と言ったとき、誰かが「みんなでカオにカンパしよう」と言い出して、「そうしよう、そうしよう」と、たちまちのうちにカンパの話がまとまったことを。ああ、これが「仲間だ」と思い、私は胸を熱くしていたのだった。

「よかったなあ」

「これで一件落着じゃ！」

「まあ、半分は、落着したな」

「カオちゃん、おおきにねぇ」

マミ、なっちん、メグ様、エイミー、ベス、ジョーに囲まれ、私はもう一度、この仲間たちのためにがんばりたいという決意に、全身を貫かれていた。

不良美人、田舎のお姫様、深窓の令嬢、美少女、謎の美少女、グラマラスな美女。美しい集団のなかに一匹だけ交じった私は、さながら、めがね猿ではないか。でも、私にできることがあればなんでもして、彼女たちの役に立ちたいと、心の底から思っていた。中学時代には、仲間たちをまとめていく「指導者になりたい」と思っていた節がある。今は違う。今は、みんなといっしょに、仲間の一員として、仲間たちに「献身したい」と思っている。そんなふうに思える、今の自分が好きだと。それに、渡りに船ではないか。なまじ舞台に立つよりも、脚本を書くことの方が、私には適役だと思える。一度も書いたことがないけれど、こうなったら、チャレンジあるのみ。

私は、すぐそばにいたベスにたずねてみた。

「ねえ、ベス、脚本なんじゃけど、たとえば、原作なんかは決まってるの？　それとも、オリジナルを書き下ろすってこと？」

謎《なぞ》めいた笑みを頬《ほお》に浮かべて、ベスがはんなりと答えた。

「それなんやけど、チューホフって、読書家で博学なカオちゃんやったら、知ってはるでしょう？」

チューホフと聞こえた。

「チューホフって、チェーホフのこと？」

すかさずメグ様がフォローした。

「正解です。十九世紀の末に活躍したロシアの劇作家であり、小説家でもあるアントン・パーヴロヴィチ・チェーホフの書いた名作『すずめ』をね、カオさんの力で、高校生の演劇部用にアレンジして欲しいの」

誰ひとり、笑っている子はいない。みんな真剣な目つきで私を見ている。

だから私も、まじめな表情を崩さなかった。『かもめ』とは別に、チェーホフには『すずめ』という作品があったのか。今まで全然、知らなかった。隠れた名作なのかもしれないと思った。不退転の決意を声に滲《にじ》ませて、私は言った。

「わかった。やってみる。せいいっぱい、やってみる。大空に、すずめを飛ばせてみせる」

部室での初ミーティングが終わったのは、三時半過ぎだった。

このあと、表町商店街にある天満屋デパートの屋上にお好み焼きを——あれだけお寿司を食べたのに、まだ入るのだ！——食べに行くというなっちん、マミ、メグ様、洋服の買い物に行くというエイミー、ピアノのお稽古《けいこ》に出かけるというベス、店にもどって仕事を手伝うというジョーと別れて、私はひとり、書店へと向かった。

さっそく『すずめ』を入手し、今夜からでも読み始めたい。善は急げ、鉄は熱いうちに打て、である。

私のお気に入りの本屋さんもまた、表町商店街にある。その名を「細謹舎《さいきんしゃ》」という。品揃え、売り場のわかりやすさ、店員さんの知識の豊富さと親切な応対、そして、シンプルな銀色のブックカバーが乙女心をくすぐる書店である。

店に入ると、私はまっすぐに文庫のコーナーを目指した。常連客だから、目を閉じていても、行きたいコーナーに行ける。

外国文学の棚。外国の作家の場合、本は、作家のファミリーネームのアイウエオ順に並んでいる。上から三番目くらいのところに「チェーホフ」の本が何冊か、あった。『三人姉妹』『桜の園』『ワーニャ伯父さん』『かわいい女・犬を連れた奥さん』それから『六号病棟・退屈な話』なんてのも、ある。

けれど、肝心の『すずめ』は、見当たらない。

ちょうど近くを通りかかった店員さんに、たずねてみた。

「あの、すみません。チェーホフの『すずめ』って、売り切れですか?」

店員さんは私の前に立つと、にっこり笑ってこう言った。

「それって、『すずめ』ではなくて、『かもめ』だと思いますが」

私の顔はまずさっと青くなり、その後すぐに赤くなった。恥ずかしかった。ったく、穴があったら入りたいとは、こういう心境に違いない。チェーホフといえば『かもめ』ではないか。メグ様があんまりまじめな表情で断言したものだから、ほかのみんなもうなずいていたし、私はてっきり『すずめ』もあるんだと思い込んでしまっていた。

店員さんはすでに棚の方に目をやって、すばやく『かもめ』をさがしている。

「申し訳ございません。品切れになっていますね。今朝はあったんですけど。私、文庫の担当ですので、今朝チェックしたときにはあったの、覚えているんです。どういたしましょう、お取り寄せさせていただきましょうか？　常備品になっていますので、自然に入荷もしますけれど、お急ぎですか？　あ、全集でもよろしければ、在庫があると思います。『かもめ』なら、全集にはきっと収録されているはずです。ご案内しましょうか」

てきぱきと説明してくれる店員さんに、私は感動していた。知的で優しそうな人だ。『かもめ』と『すずめ』を混同している、阿呆《あほう》な高校生の私を、小馬鹿になんか、ちっともしていないとわかる。私の想像では、年齢は二十八歳くらいか。大学を卒業し、会社にお勤めをし、結婚もしたけれど、うまくいかなくなって別れて再び独身になり、一生つづけられる仕事をしたいと思い、好きな本屋さんに就職した。今はまさに天職を得たという状態で、本に囲まれて働けるこの仕事が楽しくて仕方がない。そんな人なのではないかと、一瞬にして、妄想が膨らんだ。

「はい、一応、見てみたいです、全集」

全集の一冊だと値段も高いだろうから、買うのは無理かもしれないな、と思ってはいたものの、私はそう言った。『かもめ』を、とにかくまずはこの目で見てみたかった。

「では、こちらへ」

店員さんは私を、全集のコーナーに案内してくれた。

彼女のうしろを歩いているとき、前から歩いてきた、ひとりの女性客とすれ違った。ノースリーブの黒いワンピースの上から、黒いレースのカーディガンを羽織っていた。鞄《かばん》も靴も、黒かった。額にかかった前髪のせいで、顔ははっきり見えなかった。年は五十代くらいだろうか。きれいな人だと思った。外国の絵本に出てくるような、魔法使いみたいな人。

全身黒ずくめの女の人とすれ違ったとき、私の耳もとに、小さなつぶやきのようなものが届いた。ただ、そんな気がしただけなのか、私の幻聴だったのか、わからなかったけれど、でも、確かに聞こえた。遠い世界で誰かが囁《ささや》いた声を、風が運んできたかのようだった。

——今ならまだ、引き返せる。

声はそう言った。

どういう意味なのか、まったくわからなかったし、私自身、意味を持った言葉として受け止めてもいなかった。私は、全集のコーナーで店員さんから受け取った、『かもめ』の収録された一冊を手に取り、目次に目を通したあと、ぱらぱらっとページを捲《めく》った。捲りながらも、ふり返って、女の人を盗み見した。

そうせざるを得ないような気持ちになっていた。

感じのいい店員さんの人となりを想像したように、その五十代の女の人の人生を想像してみようとした。が、何ひとつ、思い浮かばなかった。けれども、驚いたことにその人は、ついさっきまで私が立っていた文庫の棚の前まで来ると、立ち止まって、手に持っていた一冊の本をすっと棚に挿し込んだではないか。しかも、チェーホフのあたりに。挿したあとは、一直線に出口に向かって進んでいき、そのまま店の外に消えてしまった。

あっというまの出来事だった。

あわてて全集をもとあった場所におさめると、私はきびすを返して、文庫の棚の前までもどった。案の定、チェーホフの棚には、『かもめ』があった。あの黒ずくめの人がたった今、棚にもどしたのは『かもめ』だったのだ。

私は『かもめ』を抜き取ると、冒頭のページを開いてみた。左胸の上の方で、心臓がドックンと、血液を送り出すのがわかった。

第一幕は、こんな台詞から始まっていた。

メドヴェジェンコ　どうしていつも黒い服を?
マーシャ　人生の喪服なの。不幸だから。

恋人もいないのに

「行ってきまーす」

庭で朝顔に水やりをしていた母に、私は涼やかな声をかけた。気分は暗くて重かったけれど、親の手前、せめて声だけでも明るく軽やかにしようと思って。

行ってらっしゃい、の代わりに、母は言った。

「なんじゃ、あんた、えらいめかし込んで。悲願の初デートか?」

うちの母はもと会社員、現在は平凡な専業主婦で、有り難いことに、私と弟の教育に関しては原則として放任主義を貫いているようなのだが、「ひとこと多い」もしくは「余計なお節介」が得意中の得意。

悲願とは大げさな。せめて、念願と言って欲しかった。なんて思いながらも、私は母の問いかけを無視し、無愛想な笑みだけを返して、家を出た。

自転車に乗って、見た目だけは颯爽《さっそう》と。

風に吹かれてペダルを踏みながら、心のなかではぶちぶちと、母に文句をつけてるみたいにひとりごと。あのさ、デートだったらさ、もっと可愛《かわい》いファッションで決めてくよ。たとえば、大人っぽい花柄のワンピースにレースのカーディガンにストローハットにちょっとだけヒールの高いサンダルとか、そういう格好でね。それに、デートだったら、自転車なんかで行かない。初のデートに、自転車は似合わない。じゃあ、バスなら似合うのかと訊《き》かれたら、返すべき答えは見つからないんだけど。

きょうの私は、ジーンズにスニーカーにデニムのキャップ、白っぽい半袖《はんそで》のTシャツの上に、格子柄のコットンシャツを重ね着している。まったく、めかし込んでなんかいない。いったいどこから「デート」という発想が湧《わ》き出てくるのか、親の考えていることって、ほんと、わからない。別に、わかりたくもないんだけど。

さっきから「だけど」が多すぎる。

夏休みが始まって、十日ほどが過ぎた、八月の初めの朝。

私の頭上には青空が君臨し、河原の土手には、野生化したらしいひまわりが全員、まんまるい顔をしてお日様を見上げている。まるで夏休みの絵日記の一場面そのもの。

夏休みが来るのが楽しみでならなかったのは、いつ頃までだっただろう。小学生の終わりくらいかな。クリスマスは？　誕生日は？　やっぱり小学生まで、じゃないかな。

人が成長するってことは、「すごく楽しみ」と思えることを、ひとつずつ、少しずつ、失っていくことなのかも？

気分が重いときには、思考もうしろ向きになる。とはいえ、私の両足はいたって元気。自転車もすいすい進んでいく。とにもかくにも夏休み。行き先が学校じゃないことと、あの、厄介な制服から解放されていることは、非常に喜ばしい。

何しろA高の女子の制服ときたら、岡山県で一番可愛い、なんて言われていて、それはそれで事実ではあるのだけれど、いわゆるセーラー服っていうのかな、セーラーカラーの上着とスカートとが分かれている、その分かれ目のところが曲者《くせもの》で、上着の下に下着をつけていないと、おなかのあたりがすうすうしてしまって、冷えておなかを壊してしまったり、風邪を引いてしまったり。だったら、あたたかい下着を着ればいいだろうと誰でも思うだろうが、この下着というのがまたまた曲者で、デパートやお店で売られている、ごく普通の下着を着ると、必ずその一部が、胸もとからのぞいてしまう、それくらい、上着の襟ぐりが広くあいてしまっているのだ。

従って、私たち女子は「いかに上着からのぞかない下着を見つけて着るか」に苦心惨憺《さんたん》しなくてはならない。まれに、セーラーカラーの上着の下に、平気でとっくりのセーターなんて着てる子もいるけど、信じられない。「女子」であることを捨ててるようなファッション。それほど「女」を意識していない私にだって、できない。あんなださい格好は。

六月の衣替えで、紺色の上着が、同じデザインの白いブラウスに替わってからは、もっと大変。ブラウスの胸もとからのぞかない、だけじゃなくて、透けて見えないような下着を見つけなくてはならない。

たかが制服、されど制服。

まるで、湖面を優雅に泳ぐ白鳥の、水面下の必死の足かきを思わせる。

そんな制服からも、学校からも、遅刻の恐怖からも解放されているというのに、妙に重苦しい気分と、煉瓦《れんが》みたいに重いバッグを抱えて、よろけそうになりながら、私は純喫茶サンルームの扉を押しあけた。

開店時間直後の、午前十時ちょっと過ぎ。

「おはようございます、お邪魔しまーす！」

「おう、カオちんか、いらっしゃい。デートのお相手、さっきからお待ちかねだよ」

ああ、もう、マスターまで、「デート」なんて言うの、やめてよ。うんざり。

と、言いたくなるのを抑えて、私はにっこり笑う。母は許せないけど、マスターなら簡単に許せてしまう。

店の一番奥の、通称「指定席」に座ったまま、ちょっとだけ通路に身を乗り出して、私に向かって小さく手をふっているマミの姿が見える。あたりは、紫色の優雅な煙に包まれている。そう、これが本日の私のデートのお相手ってわけです。

　本日のマミのファッションはといえば、紺に白の水玉模様の巻きスカートに、透かしの縞《しま》模様の入ったレモンイエローのノースリーブのブラウス、肩からは、ケープみたいなデザインの浅葱《あさぎ》色のカーディガンを羽織っている。ため息がもれそうなほどエレガントな、大人の女系。

　マミに会えるのは、うれしい。マミとのデート。非常にうれしい、はずだ。

　けれども私は、どこか浮かない顔をしたまま、マスターに「レイコーお願いします」とアイスコーヒーを注文してから、マミの向かいに腰をおろした。

　マミは、私の持ってきたバッグにちらりと目線を当て、開口一番、問いかけてくる。

「カオ、できたん？　どこまで？　最後まで？」

　力なく、私はつぶやく。

「できとらん、全然だめ。まだまっ白け」

　膨らんでいるバッグのなかに、原稿は入っていない。

「うそっ、まだ白紙なん？　なんで？　プロットだけでも、できんかったん？　第一幕だけ、とかも？」

「できんかった。ごめん」

　正直に、私は答える。正直になるしかない。A高に再創設された我らが新生・演劇部が、秋に華々しく披露する予定の、記念すべき旗揚げ公演『かもめ』の脚本はまだ、一文字も、書けていない。

「歯が立たんかった、私には。チェーホフ、手に負えんかった。難し過ぎた、私には」

「そうか……」

マミはうつむいて、テーブルの上のソーダ水に差し込んだままのストローを、指でくるくる回す。エメラルドグリーンの液体のなかで、氷と氷がぶつかる音がする。店内には、マスターの好きなフォークソングが流れている。よしだたくろうの「イメージの詩」。マスターの影響で、私もマミもよしだたくろうの大ファン。単独アルバム『青春の詩』も広島フォーク村のアルバム『古い船をいま動かせるのは古い水夫じゃないだろう』も、マミ曰く「痺《しび》れるほど」好き。深夜、勉強しながら聴《き》いていると、思わず机の前から立ち上がり、握りしめた拳《こぶし》を天井に向かって、突き出したくなる。

しかし今は、ふたりとも、しばし沈黙。

「どうしたんじゃ。本日のすずめたちは、妙に静かじゃなぁ。何か悩み事でもあるんか。それとも、からすと喧嘩《けんか》でもしたんか。はい、カオちんに、特別なレイコー三色フロート、つくったで。フロートは、僕からのプレゼント」

そう言って、マスターが私の目の前に、アイスクリームの山盛りにされた、アイスコーヒーのグラスを置いてくれた。

「わっ、何これ！」

マミが無邪気な歓声を上げた。気まずい沈黙が吹き飛ばされた。

これは確かに、特別なレイコー三色フロートだと思った。いちご、バニラ、メロン。パステルカラーのアイスクリームが、黒々としたコーヒーの上にもこもこ浮かんでいる。一瞬、涙が出そうになった。うれし涙だ。

マスターは、優しい。小柄な体のなかにもうひとり、マスターにそっくりな優しいこびとを棲《す》まわせてるみたいに。きっと、今朝の私には元気がないなって、こびとにはわかってしまったんだ。マミが「あたし、マスターになら、バージンを奪われてもいいと思っている」なんて、冗談6、本気4の割合で言ってる理由、よくわかる。

「マスター、ありがとう」

マスターに元気づけられた私は、バッグのなかから、本とノートとぶあつい資料の束などを取り出して、テーブルの上に置いた。

「マミ、聞いて」

本来ならきょうは、私が演劇部用にアレンジして書き上げた『かもめ』の脚本原稿をここに持ってきて、演出担当のマミとふたりで、キャスティング会議をするつもりだった。が、原稿は一文字も書けていないし、構成も、あらすじさえもできていない。だから、気分が重かった。とはいえ、あきらめるつもりはないし、投げ出すつもりもないし、責任はきちんと果たしたいと私は思っている。だからとりあえず、私が今、ぶつかっている壁、難問について、一から十までマミに話を聞いてもらい、アドバイスをもらい、打開策を見つけたい。これが本日のデートの最優先課題、というわけである。

原作の『かもめ』とノートを広げて、私は静かに切り出した。

「まず、原作の主要な登場人物なんじゃけど、これが、女四人、男六人なんよ。女四人はばっちりじゃけど、男六人、これをどうするか……」

私は、自分なりにまとめた「登場人物の相関図」をマミに見せながら、説明した。

主役のニーナ。彼女は裕福な地主の娘で、女優志望の十代の女の子。

ニーナの恋人、トレープレフ。彼は小説家志望の二十代の男性。

トレープレフの母親、アルカージナ。彼女は四十代のプロの女優。

アルカージナの愛人、トリゴーリン。彼は三十代の有名な小説家。

「この四人が、この物語の主要人物。女優志望&小説家志望の若いふたりと、本物の女優&小説家のふたり。これだけだと、けっこうわかりやすいよな？」

「うん、わかりやすい」

マミはこくんとうなずく。

私はレイコーで喉《のど》をうるおしてから、説明をつづける。

ニーナは、トレープレフという恋人がいながら、彼の母親の愛人でもある年上のトリゴーリンを好きになってしまう。

このストーリーが、『かもめ』のなかでは最も重要な柱になっていると、私は思った。そうすると、トレープレフとトリゴーリンというふたりの男は、いったい誰が演じるのか。しかも原作のなかでは、さらにあと四人の男性が登場し、物語にさまざまな影響を与えていく。残りの四人をばっさりカットするとしても、とにかく最低ふたりは、男子部員が必要だ。男が足りない、いや、男がいない。

これが、難問その1「男の不在とその調達問題」である。

「カオは心配せんでもええよ。男ならあたしが……」

と、マミは言った。

もっと正確に言えば、マミはそう言ったに違いないのだけれど、私はマミが言ったことを、半分以上、聞き逃してしまっていた。「男ならあたしが」のあとに、マミは早口で何か重要なことを言ったのに、私の脳内は難問の説明でいっぱいいっぱいになっていたので、マミの言葉が耳から頭までは届かなかったのだ。

「次」

ノートのページを一枚めくって、私は難問その2「複雑怪奇な恋問題」に入っていった。

「チェーホフさんは、友だちに宛《あ》てて書いた手紙のなかで、『かもめ』のテーマは『五プードの恋』と書いとるんよな。ロシアの単位で、一プードは、約十六キロらしいわ。つまりこの劇には、恋が八十キロ以上も、出てくるってことなんよ。恋がいっぱい。しかも、重たい恋ばっかり」

恋人もいない私に、恋のお話が理解できるのか？

まだ、本気で誰かを好きになったことが一度もない私に「恋がいっぱい」な物語の脚本が書けるのか？　書いていいのか？

実はこれこそが難問だと思ってはいたものの、難問という名の弱音を、マミに対して吐くつもりはなかった。これは、私がひとりで乗り越えなくてはならないハードルだ。経験がなくても、想像で書けばいいではないか。想像なら、妄想なら、片思いなら、誰にも負けない自信がある。

気のせいかもしれないけれど、マミは、私が「恋がいっぱい」と言ったとき、ふっと、糸がほどけるみたいに微笑《ほほえ》んだ、ようにも見えた。微笑みの意味は、まったくわからなかった。

「でな、これこれ、ほら、これを見て」

矢印をいっぱい付けた図を、私は指さした。矢印＝恋している、である。

ばっさり削るかもしれない四人の男のひとり、メドヴェジェンコは、三十代の教師。彼が恋している相手は、マーシャ。彼女は二十二歳の若い女性。なのに、いつも黒い服ばかり着ている。理由は「不幸だから」。『かもめ』の冒頭は、このふたりの会話から始まっている。

黒服のマーシャが恋している相手は、小説家志望のトレープレフ。

トレープレフが恋をしているのは、主役のニーナ。

つまり、マーシャとニーナは、トレープレフを巡って三角関係にあるというわけだ。

しかし、その後、ニーナは年上の有名な小説家、トリゴーリンに恋をしてしまう。

トリゴーリンは、女優のアルカージナの愛人。だからここにも、新たな三角関係が発生。

アルカージナは、トレープレフの母親。

ということは、アルカージナの立場から考えれば、自分の愛人を、息子の恋人に奪われそうになっている、ということになる。

あまりにも複雑怪奇過ぎて、ここまでくるといつだって、私はかすかな頭痛を覚えてしまう。だが、チェーホフはまだまだ容赦してくれない。何しろ「恋がいっぱい」のお話なのだから。

アルカージナはかつて、ドルンという五十代の医師と恋仲だったかもしれず、黒服のマーシャの母親のポリーナも、このドルン医師と、かつては深く愛し合った仲だったかもしれない。ということは、ここにも、古い三角関係が秘められているということになる。

ポリーナは第二幕で、ドルン（エヴゲニー）に向かって、こんな台詞《せりふ》を口にしている。

ポリーナ　主人は外出用の馬まで畑仕事に出してしまったんです。毎日、こんな行き違いばかり。そのたびに、わたしがどんなにつらい思いをしていることか！　病気になりそう。ほら、こんなに震えているでしょ……。あの人のがさつさには耐えられないわ。（懇願するように）ねえ、エヴゲニー、わたしの大事な人、わたしを奥さんにして……。わたしたちの時は過ぎていく。もう二人とも若くないわ。せめて人生の最後には、隠れたり、嘘《うそ》をついたりせずにいたいの……。

ポリーナには夫がいる。ぎょっ。これって、禁断の恋ではないか。わからない。人生始まったばかりの十代の私には皆目、このような大人の恋は、理解できない。うちの母親がこんなことを考えているのかもしれないと思うと、なんだか空恐ろしくもなる。

とにかく、恋がいっぱい。ヘビー級の恋がいっぱいいっぱいで、ぎゅうぎゅう詰めになっていて、私は息苦しくなる。暑苦しくなる。蒸し暑い満員バスに無理矢理、押し込まれてるって感じ。

「なっ、マミも、頭、痛くならん？　恋がいっぱい過ぎて、理解に苦しまん？　こんなの、どうやったら、高校生用の演劇にできるというん？」

真剣に問いかけた私に対して、驚いたことに、マミはくすくす笑い始めた。さっきの謎の微笑みは、この笑いの前触れだったということか。やがて、笑いの波紋が顔から全身に広がっていったかと思うと、とうとうこらえきれなくなったのか、マミは座席に上半身を横たえて、文字通り、笑い転げているではないか。

笑いながらも、謝っている。

「ごめん、カオ。笑ったりして、ごめん。ほんとにごめんな。ちょっと待って、笑いをこらえるから」

マミはそう言って、懸命に笑いを収拾し、咳払いをして居住まいを正した。

「カオ、ようがんばってくれたな。大変じゃったじゃろう。ここまでの苦労に、あたしは心の底から敬意を表するよ。その前提で、話を聞いて」

それからあっさりと、マミは言い放った。

「そこまで原作にこだわる必要は、ないんじゃ。お話はな、何もかも、カオの好きなように、変えてしもうたらええんよ。原作から離れてしまっていい。恋がいっぱいじゃなくてもいい。大人の恋も、カットしてくれていい。メグ様が『かもめ』じゃのうて『すずめ』と言うたんは、そういう意味もあったんかもしれん。もちろんこれは、『かもめ』とチェーホフに捧げるオマージュ的な劇にはしたいけど、あくまでも、カオの創作したオリジナルな『かもめ』でええんじゃ。ごめんな、このことを最初にもっと、強調しておくべきじゃったわ。ほんと、ごめん！　あたしも気持ちだけが先走ってた」

マミは胸の前で両手を合わせて、私に謝ってくれている。

私はぽかんと、口をあけてしまっていた、かもしれない。なぁんだ、そういうことだったのか。あいた口がふさがらないって、こういうこと？　違う。この言葉はたぶん悪い意味で使われるはずで、私の気分は決して悪くはない。むしろ、いい気分。難問がいっぺんに消し飛んで、荷物が軽くなった。なんだ、それなら、私の手にも負えるかもしれない。

「安心した？　舌を嚙《か》みそうなロシアの名前もなしにして、登場人物も整理して、何もかも、カオの思うままに創作してくれたらええんよ。カオの得意な想像と妄想と、創造力を発揮してな」

三色のアイスクリームとコーヒーが溶け合って、なめらかなチョコレートみたいになっている飲み物を、私は思うさまストローで吸い上げて、喉に流し込んだ。

「わかった。重たい足枷《あしかせ》が外れて、すっきりしたわ。それなら、できる。再挑戦してみる。そういうことなら、私にはひとつ、とっておきのアイディアがある！　聞いて！」

私の舌もなめらかになっていた。

この一ヶ月あまり、原作や解説と首っ引きで、ああでもないこうでもないと格闘しているさいちゅうに、頭に浮かんでいたアイディアを、私はマミにぶつけてみた。思い浮かべていたときには「こんなにも、原作とかけ離れていては、いけないはず」と、否定しつづけていた考えだった。


主役は、愛称ニーナ。将来は、女優になりたいと思っている日本人の女子高校生。

彼女は、自分の通っている高校に、演劇部を創立したいと思って、奮闘している。

そして彼女は、同じ志を持っている同級生の男の子に、ひそかに恋をしている。

この同級生は小説家志望。

ある日、そこに現れる、演劇部の大先輩。

先輩は大学を卒業したあと、プロの小説家として、活躍している。

先輩は、ニーナたちが演じようとしている劇の脚本を、書いてくれることになる。

ニーナはこの先輩に恋をしてしまう。


原作の三角関係に忠実な設定になっているが、大きく異なる点は、こうして演劇部を起こそうとしている私たちのリアルな現実をそのまま、舞台で表現しようとしているところ。

「なるほど、そうきたか。さすがは、カオじゃ。あたしたちの『かもめ』は、演劇部創立の物語でもあると、こういうことなんじゃな」

「うん、でね、黒服のマーシャ。ニーナとマーシャは親友。この子にも、プロの小説家に恋をさせる。つまり、ニーナとマーシャは、プロの小説家を巡って、恋の鞘当《さやあ》てをする。しかしながら、小説家には、ほかに好きな女性がいる。この女性を好きになるのが、小説家志望の高校生。つまり、三角関係が三つ。三三三、これで、どうかな？」

マミがにやりと笑った。今度はくすくす笑いじゃない。

「ええなぁ、ええなぁ。複雑じゃけど、すっきりするよな」

「恋に友情をからめる。恋のトライアングル。高校生にしか演じられない劇にする」

ノートの新しいページを開いて、お気に入りのシャープペンシルを握りしめ、私は白紙のまんなかに大きな三角形をひとつ、描いた。その三角形のなかに、すっぽりとはまっている逆三角形をひとつ。すると、三角形は合計四つになる。四つがくっついて、ひとつの三角形を形成している。

それぞれの三角形のなかにひとつずつ、三角関係が入る。

第一幕＝ニーナと、小説家志望の同級生と、先輩。

第二幕＝ニーナと、マーシャと、先輩。

第三幕＝先輩と、先輩の好きな人と、小説家志望の同級生。

「で、最後は結局、どうなるん？　第四幕で、誰と誰が結びついて、誰と誰が別れるん？」

興味津々のマミに対して、今度は私がにやりと笑う番。

私は、残りひとつだけ、空白になっている三角形のなかに、クエスチョンマークをひとつ、書き込んだ。

「ひ・み・つ」

と、つぶやきながら。

実は私にもまだ、この「秘密」の内容は、把握できていない。

ただ、ひとつだけ、決めていることがあって、それは、原作では第三幕と第四幕のあいだに二年の時が流れているので、この物語も、第四幕では彼女たち、彼らの二年後を書きたいということ。つまり、高校三年生になったときの私たちがどうなっているかを、私たちは、舞台で表現する。私たちの新生・演劇部は二年後、どうなっているのか。現在を演じ、未来を演じる。それが私たちの『かもめ』。

「結末は、読んでからのお楽しみということにさせて。チェーホフさんに負けんように、猛烈にがんばって書くから。単純な悲劇にも喜劇にもしたくない。オリジナルな、高校生にしかできんような、羽ばたく物語にする！　テーマは、飛翔じゃ」

勢いよく、私は宣言した。

「じゃったら、いっそ、タイトルは『すずめ』にするか？」

そうきたか、と、私はうれしくなった。マミと私のあいだに、以心伝心の火花が散ったのがわかった。そうなのだ、私たちは、七羽のすずめたち。マスターがいつも言っている意味でのすずめ――ピーチクパーチクやかましい――じゃない。たぶん、メグ様が思っていたのと同じで、いつの日か、それぞれがそれぞれの目標を抱きしめて、自立し、たったひとりで大空を飛んでいける、美しくて強いかもめになることを夢見て、一生懸命、今を生きている、健気《けなげ》なすずめたち。

私はすかさず、心にぱっと浮かんできたタイトルを口にした。

「放課後のすずめたち、なんて、どうかな？」

目には見えない何かに振り分けられ、選《よ》り分けられ、時間割、受験体制、制服、校則、門限などなど、いろいろな決まりに縛られている私たちが、自由と独立を確保できるのは、放課後。放課後こそ、すずめたちが本来あるべき自分の姿に立ち返って、のびのびと羽ばたける時間なのだ。そんな思いと願いをこめたタイトル、それが『放課後のすずめたち』。

「ええなあ、それで行こう。それしかない。決まりじゃ」

打てば響くようにマミの言葉が返ってくる。とんとん拍子というのは、まさにこういう状態のこと。

それからしばらくのあいだ、マミと私は、おでことおでこをくっつけ合うようにして、話し合った。キャスティングについて。

最初の三人は、至ってスムーズに決まった。

ニーナは、なっちん。女優志望の女子高生は、女優志望のなっちんに演じてもらうしかない。私は原作のなかにあった、ニーナの台詞を思い出す。

ニーナ　作家とか女優になる幸せのためだったら、わたし、家族や友だちに憎まれたって、貧乏だって、幻滅だって、我慢する。屋根裏部屋に住んで、食べるものはパンしかなくて、自分に満足できなくて、自分が欠点だらけだと自覚して苦しんだってかまわない。そのかわり、わたしは有名になりたい……本物の、世間が大騒ぎするような有名人に……。(両手で顔を覆う。)頭がくらくらする……ああ!

ああ、あの台詞を、なっちんなら、どんな口調で言うだろう。なっちんによりぴったりな台詞を、私は書こう。そう思うと、なんだか頭がくらくらした。

マーシャ役は、ベス。黒服と不幸の似合う美少女なんて、これはもうベスしかいない。

マーシャ　ばかばかしい。望みなき片思いなんて、小説の中だけの話でしょ。くだらない。自分を甘やかさないことよ。海辺で日和《ひより》を待つみたいに、何かをずっと待っていてはいけないの……。もし心の中に恋が生まれたとしても、追い払わなければ。そういえば、うちの亭主、今度他の県に転勤させてもらえるんだって。そっちに引っ越したら、全部忘れるわ……胸から根こそぎ、引っこ抜いてしまいましょう。

ベスがあの台詞を言うとき、彼女はどんな表情をしているんだろう。ああ、見てみたい。ぞくぞくする。大好きなベスのためにも、もっともっととっておきの台詞を、私は書いてみせる。

そして、先輩の好きになる人は、メグ様。年上の男と、年下の男の両方から思いを寄せられる人物なんて、これまた、メグ様をおいてほかにはいない。『かもめ』のなかでは、アルカージナ。アルカージナを若くして、さらに上品に高貴にしたら、それはメグ様。

アルカージナ　それに、わたしはきちんとしているの、まるでイギリス紳士みたいに。わたしはね、いい、ぐうたらするヒマを自分に与えないのよ。服装も髪も、いつでもちゃんとして《コム・イル・フォ》いる。家から外に出るとき、ちょっと庭に行くだけだって、普段着のままとか、髪をセットしないままなんてこと、あったかしら? 一度もないでしょ。わたしがいつまでも若さを保っているのは、世の中の誰かさんとは違って、絶対に自分を甘やかさず、だらしない女にならなかったからですよ……。(両手を腰に当てて、コートを歩き回る。)ほら、まるで小鳥ちゃんでしょ。十五歳の女の子の役だってできるわ。

主要な三人が決まったところで、

「あ、マミ、忘れてた。おっ」

訳のわからないことを、私は言ってしまった。「おっ」と、奇声を発してしまったのは、本当は「オトコ」と言いたかったのに、声が裏返ってしまったせい。消し飛んでいたはずの難問が、ブーメランのように舞いもどってきて、私の頬《ほお》にぶち当たったようだった。

「男の部員、やっぱり、最低ふたりは、要るよな」

私が言うと、マミは即座に「だいじょうぶ」と切り返してきた。

「ひとりでじゅうぶん。小説家志望の高校生は、エイミーにやってもらおうよ。あの子、男役、似合うと思うよ。もうひとりは、さっきも言うたけど、スカウト……」

マミの言葉を遮るようにして、私は思いっきり強く、バチーンと手を叩《たた》いてしまった。あまりにも大きな音が出たものだから、まわりのお客さんたちは会話を中断し、あたりをきょろきょろ見回していた。

「ほんと！　エイミーならできるわ。グッドアイディア！　大納得！　マミ、冴《さ》えてるわ。冴えまくり」

夏休みが始まったばかりの日、ショートカットにして、ボーイッシュな魅力に磨きのかかったエイミー。「失恋したわけじゃないんだけど」なんて言って、笑ってた。まるでイタリア映画に出てくる男の子みたいな、エイミー。そういえば、本人も「男の子を演じたいの」って言ってたじゃないか。思い出した。彼女のあこがれは、宝塚の男役。それに、男は男が演じなきゃなんないって決まりもないんだし。

だけど、もうひとり、プロの小説家はどうするの？　スカウトって、そんなこと、できるの？　どうやって、やるの？

疑問符をまとめて言葉にしようとしたとき、サンルームの扉があく気配がした。同時に、マミが座席から立ち上がり、わざわざ通路まで出て呼びかけた。

「せんぱーい」

先輩？

ふり向いた私の視界に、ひとりの男の人の姿が映った。映ったというよりは、進入してきたという感じ。踏み込んできたという感じ。私の胸のなかで、七人のこびとたちが、手に手を取って、飛び跳ねている。

もう、引き返せない。

なぜか、そんなことを、私は思っていた。後悔していた。ああ、もっと、お洒落《しゃれ》をしてくればよかった。母が言ったように、めかし込んでくればよかった。ちゃんとまつげもカールさせてくるべきだった。だが、もう遅い。後悔というのは、遅刻の常習犯なのだ。

「こんにちは。あ、杉本さんとは、初めましてだね。熊島《くましま》です。よろしく」

演劇部の大先輩、通称「演ボス」こと、熊島一晴《いっせい》さん。

マミは何度も会ったことがあるようだったけれど、私は初対面だった。

写真でしか見たことのなかったロミオ様が、私の人生に「初登場」してきた、その瞬間のまぶしさ、その瞬間の胸のときめき、まっすぐに、私の瞳に視線を当てている瞳、その輝きを含めて、私は、自分の胸のなかで起こった化学反応とその素敵さを、それから長く、記憶することになる。ときにはその記憶に苦しめられ、ときには泣かされ、あるときは心を癒され、あるときは孤独を埋めてもらうことになる。もどりたくないのに抱きしめたくなる、十六歳の記憶である。

素足の世代

「わからないの。どうして、こんな気持ちになるのか。まるで、わからないの。これは、今までに一度も経験したことのない、味わったことのない、すごくへんな気持ちなの。好きなのに、大きらいで、大きらいなのに大好きで、好きなのか、きらいなのかもわからない。世界でいちばん会いたい人なのに、もう二度と会いたくもなくて、声が聞きたくてたまらないのに、声なんて聞きたくもなくて。その人のことを思うとき、私はいつも、自分がまっぷたつに引き裂かれているような気分になる。自分が自分じゃなくなってしまっている。勉強も、高校生活も、家族も友だちも、受験も将来もどうでもよくなって、それまで好きだったことや、きらいだったことも全部、まるごと、何もかもを捨ててしまってもいいから、私はそれが欲しい。それだけが欲しい。欲しくてたまらない」

すごいなぁ、なっちん、すごいよ。

ものすごい迫力。鬼気迫るエナジー。何かが乗り移ってしまっている。

私はさっきから、主役の美奈子《みなこ》——通称ミーナ。『かもめ』のニーナにちなんで、ミーナと名づけた——こと、なっちんの台詞《せりふ》に聞き惚《ほ》れ、感激し、ひたすら感動している。演出家のマミが見込んだだけある。なっちんは「完全に別人になり切る」ことのできる役者だ。土着の岡山弁のフランス人形は、どこにもいない。なっちんは今、ミーナその人になっている。

それにしても、これが、ほかならぬ私の書いた台詞だなんて、到底、思えない。台詞だけじゃない。「胸をかきむしるようにしながら」というト書きを書いたのも確かに私なのだけれど、なっちんの演技は、台本を凌駕《りょうが》している。すべての書き言葉がなっちんの体のなかに入り込んで、いったん解体されたあとふたたび融合し、発酵し、なっちんの口から出てきたときには、まったく違った生き物になったかのようだ。そう、言葉が生命力を得て、生きて、蠢《うごめ》いているようなのだ。

みんな、私と同じことを思っているのか、あたりはしーんと静まり返っている。

ここは、O大学・経済学部・一般教養講義室C棟の303号。演ボス、こと、熊島先輩が大学の後輩——事務局に勤務している人——に頼んで話をまとめ、立ち稽古《げいこ》用に使わせてもらえることになった、現在は使われていない大教室。なぜ、使われていないのかについては、またあとで述べることにして。

お盆休みの家族旅行——どうせ行き先は、おばあちゃんちだもんね——を欠席させてもらって、猛烈な勢いで私が書き上げた脚本『放課後のすずめたち』。実は第四幕はまだ、書き上げていないのだが、それはちょっと脇へ置いておいて。

私たちは、演劇部の部室内で、台本の読み合わせを終えたあと、八月の中旬からいよいよ、立ち稽古へと突入したのである。

現在進行中なのは、第一幕の後半。朝から何度も何度もくり返し、練習を重ねている。

第一幕、すなわち、ひとつめの三角関係。

ミーナは、小説家志望の同級生の男子——エイミー演じる取田《とれた》くん（原作では、トレープレフ）のことが好きで、ボーイ&ガールフレンドとして、同志として、仲良くつきあってきたというのに、演劇部の創立のために脚本を書いてくれることになった、先輩でもあり、プロの小説家でもある鳥越《とりごえ》さん（原作では、トリゴーリン）に恋をしてしまった。

鳥越さんには、奥さんがいる。当初は「好きな人」だったが、途中で「奥さん」にした。誰にも打ち明けることのできない、道ならぬ恋を、ミーナが観客に向かって独白するこのシーンで、第一幕は終了する。

「……こんなに悲しくて、こんなに苦しいのに、私は食べたい。食べても食べてもおなかがいっぱいにならない、私はおなかを空《す》かせた哀れなすずめ。ああ、食べたい、もっともっともっと。でも、食べれば食べるほど、私のおなかは空いてくるの。まるで、私のなかに寄生しているもうひとりの私が、私の体内でそれを、貪《むさぼ》り食らっているようなの。それ？　それって、何？　欲しいもの、食べたいものって、なんなの？　教えて。ねえ、教えて。私の体内で、私が貪り食らっているものって、いったい何？」

　ここで、舞台の袖《そで》から、黒服に身を包んだマーシャ（黒服は、原作と同じ。マーシャの本名は、真佐子《まさこ》）こと、ベスがさぁっと影のように登場し、中央へ進み出ることなく、舞台の脇で観客には横顔と背を向けたまま、ささやくように言う。

「それは……」

　恋よ。

　この一語と同時に舞台は暗転し、幕が下りる。

　と、台本通りに進めば相成るはずだったのだが、

「いけん！」

　辣腕《らつわん》演出家のマミのひとことで、第一幕終了直前の、不穏で謎《なぞ》めいていて、とびっきり素敵なムードは、一気にぶっ壊れた。「恋よ」というマーシャの決め台詞の直後に。

「いけん！　違う違う違う！」

　出た。マミの「いけん」と「違う」の三連発。

　いけん、というのは、いけない、の岡山弁。駄目だということ。

　よほど、駄目だったんだろう。マミは一オクターブ高い、金切り声になっていた。

でも、みんなはもう、この声には慣れっこになっている。

マミは厳しい。ちょっとでも気に入らないところ、気になるところがあると、徹底的に検証する。容赦してくれない。けれども、だからこそ、私たちは一丸となって、マミについていこうとする。とにかく、いい舞台にしたいという一心で。

扇形の階段状になって広がっている座席から、見下ろしたところにある教壇——それが仮の舞台——のまんなかで、なっちんが姿形はミーナになりきったまま、マミの指導を待っている。

「どこが、おえんかったんじゃあ？」

おえん、は、いけん、の変形バージョン。なっちんは、言葉だけなっちんにもどっている。

舞台の袖の近くでは、黒いノースリーブのブラウスと黒のフレアースカート姿——これは衣装ではないけれど、彼女は、台本の読み合わせの段階から、黒以外の衣服は身につけなくなっている——のベスも、黒い彫像みたいにかたまっている。自分の出方、立ち方、表情、台詞のどこが「いけん」だったのかを知りたがっている。

私は、横に一列ずつ、ひとつづきになってつながっている座席の一番前、まんなかあたりに陣取って、細長い机の上に台本とノートを広げ、赤鉛筆を握ったまま、ふり返って、マミの方を見る。

マミよりも少し前に、メグ様の姿がある。ふたりとも、立っている。エイミーは、ベスが登場したのとは反対の、舞台の下手《しもて》の袖から顔をのぞかせている。エイミーの出番は、五分ほど前に終わったばかりだ。

マミとメグ様のすぐうしろには、瓦礫《がれき》の山がそびえている。叩《たた》きつぶされた椅子《いす》や机。めちゃめちゃに壊されてしまって、もとの姿がなんだったのか、判別できなくなっている物々。割れたガラス。板や棒切れや紙切れやぼろ切れや段ボール箱や、その他わけのわからないごみ。なぜか、どろどろになったぬいぐるみなんかもある。サングラスとか、バスタオルとか、トランジスターラジオとか。そのようなものが、うずたかく積み上げられている。何もかも、学生運動による破壊行為の残骸。だからこの教室は使用不能になっていて、おかげで私たちは、ここで立ち稽古ができるという次第。

「なっちん、きのうよりもだいぶうまくなったけど、食べても食べても、から、やり直し」

凛《りん》としたマミの声が響く。瓦礫の山を背景にして立っているマミの姿は、掃きだめに鶴。泥の池に咲く睡蓮《すいれん》。

「私の体内でそれを、ってところが全然よくない。『それ』って言葉を、もっと大切に発音してみて。『それ』って、ここでは非常に重要な単語じゃろ。そこに説得力がないと、うしろの台詞につながっていかんのじゃ。それと、カオ!」

「あっ、はい」

いきなり私に矛先が向けられ、驚いた私は思わず、握っていた赤鉛筆を落っことしてしまった。拾おうとして焦り、机の角に頭をぶつけてしまう。

「いてて」

「この台詞の最後の方じゃけど、教えて。ねえ教えて、のあとな。ここ、いっそ、『私』じゃなくて『あなた』にするのは、どうじゃろう?」

「は? 私を、あなたに?」

「うん、そうすることで、ミーナの台詞をな、単なる独白じゃなくて、なんというか、観客をも巻き込んだ形での、掛詞《かけことば》的台詞にできると思うんよ。二人称で語りかける一人称。受け止めた人にとっても、一人称になる。わかる?」

なるほど!

いつもなら、すぐにはわからなかったかもしれない。

しかし、机にぶつけた頭の痛みが功を奏したのか、私の脳裏を稲妻のように「理解」が駆け巡った。

——それって、何? 欲しいもの、食べたいものって、なんなの? 教えて。ねえ、教えて。私の体内で、私が貪り食らっているものって、いったい何?

　ここで、ミーナは、自分のなかの自分に対して、「私」ではなくて「あなた」と呼びかける。すると、観客にとっては「あなた」とダイレクトに舞台から呼びかけられていることになり、観客も「それって、何？」と、自分自身に問いかけることができるというわけだ。素晴らしい。さすがはマミだ。

「了解。そこ、『あなた』に書き直す。そのことによって、そのあと、ほかにも書き換えた方がいいところが出てくるかもしれないから、それについては、今夜中に仕上げておく」

「了解」

　間髪を容《い》れずマミは答え、それからベスに向かって、優しく言う。

「マーシャは、すごくいい。一幕のラストは、さっきのまんまでいいよ。何もかもな。『恋よ』って言葉がかろうじて、聞こえるか聞こえんか、そのぎりぎりのさじ加減もちょうどよかった」

　褒められても、ベスは特に喜んだり、舞い上がったりはしない。出会ったときから感じていたことだけれど、ベスは物事に動じない。腹が据わっているというか、肝が据わっているというか。マミの話によれば「持病のせいかもしれん」とのことだった。「幼い頃から、不可抗力なことと闘ってきて、闘うことのむなしさを、あの子は知ってしまったんかもしれん。諦観というのかな、それがあの子の場合、独特な強さになったんかもしれんな。お父さんも早くに亡くしてるし」。マミはベスについて、私たちが知らないことまで、知っているようでもあった。マミのおばあさんの書道教室に、ベスとエイミーの母親が揃《そろ》って、通ってきているからだろうか。おばあさんからいろいろ聞いて、マミはベスの秘密を知っているのかもしれない。

「ベス、まだ体力、だいじょうぶ?」

「だいじょうぶや、マミちゃん、おおきに。心配せんでもええよ」

「よっしゃ、ほんじゃ、なっちんの台詞からもう一度。なっちん、気合い入れてな」

「おう」

ベス同様になっちんも、やり直しを命じられても落ち込んだり、腐ったりはしない。なぜなら、ベスがけなされ、なっちんが褒められる日だってあるからだ。それもあるけれど、演劇とは、個々の台詞、個々の演技が結集して、昇華されて、たったひとつの「舞台」となったとき、初めて完成した、と言える。野球とおんなじで、個人プレイも大事だけれど、最終的にはチームワークの賜物《たまもの》。そのことを、誰もがしっかりと理解しているからだ。もちろん、私もだ。台本はすでに、まっ赤になっている。でもこの「赤」のひとつ、ひとつが愛《いと》おしい。

深呼吸をひとつして、私は何気なく、窓の方に視線を移した。

ほとんどの窓には、ベニヤ板が打ちつけられていて、外の景色は見えない。空も見えない。かろうじて、割れたガラス窓のすきまから、光と風が入ってくる。壁には、巨大な立て看板が立てかけられている。乱雑に、いくつも。そこには、まったく意味不明な言葉が、やはり巨大な文字ででかでかと、書き殴られている。カタカナだけを拾って読めば、フンサイ、イデオロギー、ファシズム、パルチザン、ヒエラルキー、ストライキ……

東大の安田講堂が燃え上がったのは、二年前のことだった。その年、新宿駅西口地下広場では、ベトナム戦争に反対する反戦フォーク集会が開かれ、機動隊との激しいぶつかり合いがくり広げられていた。去年の三月には、赤軍派の学生九人が、日航機よど号をハイジャックし、韓国の金浦《キンポ》空港に着陸させたあと、人質を解放し、北朝鮮へと向かった。私もふくめて家族全員、テレビ画面に釘《くぎ》づけになっていた。

けれども今、こうして、瓦礫の山に占拠され、放置されてしまった密室のなかで、青春を謳歌《おうか》している放課後のすずめたちにとっては、学生運動も、反戦集会も、ハイジャックも、どこか遠い、よその世界で起こっている出来事のように思えてならない。どんな時代にあっても、どんな状況に置かれていても、青春というものは疾風のようにやってきて、そして、駆け足で去っていくのだろうな。ふと、私は年寄りみたいなことを思ってしまう。

儚《はかな》い青春。

命短し乙女の青春。

ならば、せいいっぱい、謳歌するしかないではないか。

「よくなった。完璧《かんぺき》！」

なっちんが何度か台詞を言い直して、マミがOKを出し、

「よし、じゃあ、ミーナの独白のひとつ前の場面からもう一度、通して」

新たな指令が下されて、舞台の脇で控えていたエイミーが登場してきた。

取田くんとミーナが公園のベンチに並んで腰かけて、いかにもデート中を思わせるような雰囲気で「未来の演劇部」について語り合い、途中で手を握ったりもして、「じゃあ、またあした」と言って、取田くんは元気よく去っていく、そんな場面。

「ああ、そこ、ちょっとだけ違う！」

マミが舞台に上がって、ふたりに演技指導をしている。

「取田くんがミーナを見つめとるとき、ミーナはこう、ちょっとだけ、視線をはずして。そのときには、ミーナは鳥越さんのことを思っとるはずじゃろ」

「こう？」

「もうちょっと、目をそらして」

「これくらい？」

「そらし過ぎ」

　ふと気がついたら、マミもなっちんもエイミーもベスも、裸足《はだし》になっているではないか。裸足でしっかりと舞台を踏みしめている。脱ぎ散らかされた靴やサンダルやソックスが、そのへんに散らばっている。釣られて、私もサンダルから足を抜き取って、素足をそっと床につけてみる。この感触。この解放感。少々心もとないけれど、すうすうして、気持ちがいい。よりどころがあるようで、ないような。こわいようで、こわいからこそ、どんどん進んでいきたくて。道のでこぼこや、石ころを、足の裏に直接、感じながら。

　いつのまにか、私のすぐそばまでやってきて、舞台を見つめているメグ様も、裸足。すずめたちには、素足と素顔が似合うのだと思った。

　これから先、私たちは、好むと好まざるとにかかわらず、いろいろなものを身にまとっていくだろう。裸足で道を歩く、なんてことは、しなくなるだろう。でも、忘れたくないと思った。私たちにも確かにあった、この素足の世代を。

　たったひとつのことに、みんなで夢中になれた時間のことを。

　——それって、何？　欲しいもの、食べたいものって、なんなの？　教えて。ねえ、教えて。あなたの体内で、あなたが貪り食らっているものって、いったい何？

　——それは……恋よ。

　第一幕は、終わった。

「素晴らしいです。ブラボーだね、スタンディングオベーションです」

ベスがマーシャの台詞を言い終えて、全員が余韻に浸っている刹那《せつな》、コントラバスを思わせるような声が流れ込んできた。まるで、山を滑り降りてくる清らかな水のように。同時に、教室のうしろの扉、でも、そこにはドアはないので、ドアの形をした空間から、涼しい森の風がすーっと入ってきた。風が、ひとりの人の拍手の音を運んできた。

私たちは雁首《がんくび》を揃えて、声と拍手のする方を見た。傾斜の関係で、瓦礫の山を見上げるような格好になっている。

その、目も当てられないがらくたの山の陰から姿を現したのは、

「さっきからずっと、見させてもらってた。よくなったね。みるみるうちに、できあがっていってる。本当に、頼もしい限りだ」

熊島さんだ。熊島一晴さん。われらが演ボスの登場だ。

第二幕で、ミーナとマーシャが取り合うことになる、小説家の鳥越さん。

私の心臓は訳もなく、早鐘を打ち鳴らしている。いや、訳はある。大ありだ。だって、私は熊島先輩に、マーシャの言葉を借りれば「それは、恋よ」状態なのであるからして。

しかしながら、そんなことはおくびにも出さない。もちろん顔にも出さない。誰にも気づかれてはならないし、気取られてはならない。握りしめた手のひらが、かすかに汗ばんでいるのがわかる。

「さっきからずっと見てたんだけど、三人とも、それぞれによくなった。木下さんは迫力満点。細い体のどこから、そんなエネルギーが湧《わ》いてくるのかと思った。藤原さんは男子が板についてきた。声もいい。仕草もじょうずになった。まるで男子そのものだ。それから、別所さんは」

熊島先輩はそこで、ふっと、言葉を切った。理由は、わからない。もしかしたら、理由なんて、なかったのかもしれない。

私は何気なく、ベスの方を見た。その瞬間、心臓の早鐘が止まり、一瞬にして、燃え上がったような気がした。今までに一度も、目にしたことのない表情を、ベスがしていたからだ。

「別所さんは、もしかしたら、関西のアクセントはそのままの方がいいかな。むろん、第一幕ではまだ、誰にもわからないことだけど。間宮さん、どう思う？　僕にはまだ見極めがついていないんだけど」

ベスではなくてマミに向かって、熊島先輩は問いかけた。

マミは即座に答えた。マミの意見は、明快だった。実は、私とマミの意見はすでに一致していた。

「関西のアクセント、大いに生かしてもらおうと思ってます。第二幕から、本格的に。カオにはすでに、そのことをふまえた台詞の書き直しをお願いしてます」

「おお、そうだったか。それはそれは素晴らしい」

熊島先輩はふたたび、ひとりでぱちぱちと手を打ち鳴らした。なんだか、とても可愛《かわい》らしかった。

「さ、休憩だ、休憩しよう。じょうずに休むのも、練習のうちだよ」

私たちは、熊島先輩が差し入れてくれた、三角形のサンドイッチ——玉子サンド、チーズサンド、野菜サンド——とコーヒー牛乳とオレンジジュースで、しばし、休憩をした。同じサンドイッチでも、熊島先輩のおごりだというだけで、特別な味がした。

「じゃあ、行くか？」

最初に立ち上がったのは、熊島先輩。

「はいっ」

残りのメンバー全員、声を揃えて返事をし、一糸乱れず起立する。

さあ、第二幕の稽古の始まりだ。教室のなかには、気合いと気合いが渦巻いて、入り乱れ、もつれ合って、息をするのも苦しいくらいだ。この緊張感が、たまらなくいい。一度経験したら、病みつきになってしまう。

第二幕は、ミーナとマーシャと鳥越さんの三角関係。

三人は、台本を片手に大まかに動きをさらったあと、表情や細かい仕草を加えた立ち稽古に入った。その間、私は、自分で気づいたこと、マミが指摘したこと、三人からのリクエスト、メグ様の提案などを、ひとつも漏らさず、台本に赤で書き込んでいく。その場で直せるものは、すぐに直す。

マミの「いけん！」もますます熱を帯びている。

おまけに第二幕では、熊島先輩の「待った！」も入る。

「待った！　そこ、ちょっと待った。ミーナとマーシャ、まだ、ぶつかり合うのは早い。ここは、マーシャがさっと外す感じで」

熊島先輩は舞台の上で、役者から演出家に早変わりして、なっちんとベスに演技指導をする。

そんなこんなのまっさいちゅうに、私の頭上にふっと、落ちてきたものがあった。天井から、あるいは、その上にある天上から、落ちてきたのかもしれなかった。

落ちてきたものは、直感。第六感ともいう。

六番めの感覚が落ちてきて、私に教えた。知らしめた。見せつけた。これは、動かしがたい証拠だ。印籠《いんろう》だ。天啓、ともいうのか。

「こう、ですか？　それともこう？」

「そうじゃなくて」

「すみません、下手で堪忍ですぅ」

熊島先輩に腕と手を取られて、その腕の角度を指導されているベス。

私にはわかる。わかり過ぎてしまう。

ベスは——

ベスは、熊島先輩に——

ああ、このあとにやってくる言葉を、私は口が裂けても言いたくない。それは、私自身が書いた台詞でもあるのに。ついさっき、私が初めて目にしたベスの、あの、無防備で無邪気な子犬みたいな表情の訳は——

「それは、恋よ」なのだ。

ベスは熊島先輩に、恋をしている！

「わかりました。こうですね。こう、やね？」

「そう、それでいい。すごくいい。腕もそれでいい。あとは、左手かな。左手の指をこうしてみて。ちょっとだけ曲げて。ああ、それは曲げすぎ」

ベスが熊島先輩に恋をしている、ということが、なぜ、私にはわかるのか。わかってしまったのか。わかり過ぎている答えを、私は反芻《はんすう》する。

それは、私が先輩に恋をしているから。

「いいね、いいね、そんな感じだな。じゃあ、それで、台詞、言ってみようか」

「はい」

ベスの台詞。私の書いた台詞。聞きたくない。でも、聞かないといけない。

――いい？　あなたに本当のことを教えてあげましょうか？　聞きたくない？　でも、聞かないといけないのよ。あなたはね、あの人が好き、なんやろ？　私には、わかるんや。だって、私もあの人に恋をしているから。私、あなたには、負けへん。そういう自信があるの。だって、私は生まれながらにして、不幸を身にまとった女、なんやもの。不幸な恋なんて、お手のものや。よう覚えておき。

「す・て・き」

メグ様が、私にだけ聞こえるような声で、ささやいた。

私も、ベスの台詞は「素敵だ」と思っていた。マーシャがミーナに宣戦布告をする場面。関西のアクセントと関西の言葉が混じっていることで、独特なミステリアス感が醸し出されている。それが、ベスの持っている独特な色香みたいなものと解け合って、ぞくっとするほど大人っぽくて、悪魔っぽい。もしもついさっき、私の第六感が私に、ベスの恋を知らしめていなかったら、私は素直にそこで、拍手をしたのかもしれない。

そのあとはもう、私の心はここにあらず、だった。

熊島先輩が誰かに何かを言って、誰かがそれに答える。みんなが笑う。熊島先輩が誰かの肩に触れる。熊島先輩とベスが熱く、熱く見つめ合っている。演技指導だとわかっている。わかっていても、私の頭はかーっとする。ベスとのやり取りだけではなくて、ほかの誰が熊島先輩とやり取りをしていても、私の心はかき乱される。こういうのを「嫉妬《しっと》」というのだろうか、と、私は自分の心のなかに渦巻くダークな感情を持てあましていた。

第二幕の稽古が終わった。

オーバーなようだけれど、私にとっては地獄の時間だった。こんな時間がこれから先もずっとつづくのかと思うと、うんざりし、絶望的な気持ちになった。青春とは、その実態とは、絶望だったのか、とも思った。素足の世代は、傷も痛みも悩みも苦しみも、素手と素足で受け止めないといけない。いったいどうやって、自分を守ればいいのか。

しかし、ときには絶望のあとに、奇跡が訪れることもある。

あと片づけをしているとき、熊島先輩が私のそばまでやってきて、言った。

「杉本さん、あさっての午後か夕方、時間ある？」

まっすぐに私の目を見て、そんなことを。

「えっ、はい、あの、ありますけど」

私は、熊島先輩の顔をまともに見ることができない。もしもこの人が、さっきまで私の考えていたことを知ったら、どう思うだろう。

「じゃあ、デートしましょう。僕と」

我が耳を疑った。もちろん、冗談だとわかっている。わかっていながらも、私は「奇跡が起こった」などと思っている。心臓は今、早鐘でも燃え上がる炎でもなく、ぴたりと止まってしまったかのようだ。

案の定、デートは、冗談だった。比喩というべきか。奇跡はわずか五秒で、現実に変わった。

熊島先輩は日曜の午後、知人の小説家に会いに行くことになっているという。いっしょに行きませんか、と、私を誘ってくれた理由は、こうだった。

「鳥越氏の人物造形に、役立つかもしれないと思ってね。第二幕、ミーナとマーシャの台詞は申し分なくよく書けてるけど、鳥越氏はまだちょっと、リアリティに欠けてるでしょ？」

確かに。

「杉本さんにとって、女子高校生は書きやすいと思うけど、海千山千の作家なんて、まわりにいないもんね。だから、取材したらいいと思うんだ。いろいろ話を聞かせてくれると思うよ。僕から頼んでおくから」

「はい、ぜひ。行きます。ぜひ、ごいっしょします。ぜひ」

ごいっしょさせて下さい、と言わなきゃ。「ぜひ」は一回でよかった。

なんて後悔しながらも、喜びに胸をふるわせている私の意思とは無関係に、ベスの姿が視界に飛び込んできた。突き刺さってきたというべきか。

ベスの瞳《ひとみ》には、異様な輝きが宿っている。私にはわかる。私にだけは。それは「嫉妬の光」というものだ。

「あっ、先輩。私も行きまーす。いいですか？　ぜひぜひ、ごいっしょさせて下さい。だって、取田くんの役づくりにも役立つと思います。彼、小説家志望なんだし。私にも、リアリティ、必要でーす」

エイミーが、人にすりすりしてくる子猫みたいに近づいてきて、そう言った。

すると、熊島先輩はぴしゃりと封じた。

「藤原さんは、来なくていいです。きみには、小説家というよりもむしろ、男子高校生をしっかり演じて欲しいからね。それに、小説家志望の部分は、杉本さんが書いた台詞から、きみ自身が彼の内面を想像して、役づくりをするべきだ。あ、それに、その小説家って、女の人なんだよね」

「あ、そうなんですか。失礼しました」

すごすごと、エイミーは退散した。

ベスが何か言うかな、と、一瞬だけ身構えたものの、ベスはなんにも言わなかった。マミとメグ様にはその日、それぞれ、別の予定があると知っていた。ベスにはなかったはずだ。これも私の直感に過ぎないが、ベスが「いっしょに行かせて」と頼めば、熊島先輩は

「来ていいよ」と言うような気がしてならなかった。けれど、ベスはそうは言わなかった。言わないことで余計に、ベスの思いが私に、伝わってくるようだった。まるで、針でちくちく刺されているかのように。

痛いよ、ベス。ごめんね、ベス。でも、これ、取材なんだから。許してね。

どうして私がベスに許しを請わなくてはならないのか、わからなかったけれど、私は、額や首筋の汗をハンカチで拭《ぬぐ》っているベスに向かって、胸のなかで両手を合わせて謝っていた。いつだったか、マスターが言っていた「恐ろしいくらい色気がある」という言葉を、ベスの胸もとに重ね合わせながら。

こうして、私は二日後の日曜の午後、熊島先輩と岡山駅の西口で待ち合わせて、いっしょに小説家の仕事場を訪ねることになった。

あした、服を買いに行かなくては。お母さんにどういう理由をつけて、お金をもらうか、それが問題だ。表町商店街のあのブティック、何時まで、あいているのだったか。しかし、高級なブティックで服が買えるほど、ケチなお母さん、お金はくれないだろうな。お父さんからも徴収するか？　本を買うんだって嘘《うそ》をついて。お父さんの大好きなプロレタリア文学の全集を買うんだって言えば、純粋無垢《むく》なお父さん、ポケットマネーをはたいてくれるかも？　親を騙《だま》していいのか？　潔癖主義はどこへ行った？

熊島先輩とのデート——勝手に、そのつもりにさせてもらっている——に有頂天になりながらも、ベスのことを思うと眠れなくなり、何度も寝返りを打っていた深夜のことだった。

マミから、電話がかかってきた。

呼び出し音が鳴り始めた瞬間、私は飛び起きて、居間まですっ飛んでいった。

真夜中の十二時ちょっと前。こんな時間にかかってくる電話といえば、それは私への電話をおいて、ほかにはない。家の人はみんな、寝静まっている。あーあ、こういうとき、私の部屋に自分専用の電話があったらいいのになぁ、と、恨めしく思うのだけれど、うちの電話は、居間にしかない。しかもまるで「長話禁止」を言い渡しているかのように、テレビの横に置かれている。

「もしもし、カオ、起きとった？」

起きとった？　が、生きとった？　に聞こえたので、私は、

「死にそうになっとった」

と、答えた。深い意味はない。山と言われて、川と答えたようなもの。

マミは私に理由はたずねず、本題に入った。

「カオに話があるんじゃ。カオだけに話すけど、みんなには秘密な」

「うん」

「守れる?」

「守れるよ」

ほかならぬ、マミからの頼みだもん。

「びっくりせんといて欲しいんじゃけど、あのな、あたしな、こないだの土曜日、演ボスと寝たんじゃわ」

「ね、ねた? って、それどういう……」

「阿呆《あほう》、寝た言うたら、それは、寝た、いう意味じゃ。ベッドを共にしたとも言うけどな。深い関係になったとも。世間では体の関係を持ったとか、ふふふ」

マミの忍び笑いを聞きながら、私は絶句している。

私の心臓は——

そんなもの、もう、どこにも残っていない。心臓が私の体から抜け出して、消えてしまった。行方不明の心臓。どこへ行ったの?

マミはくすくす笑いながら、秘密を打ち明けてくれている。なんだか、楽しそうだ。もしかしたら、私に打ち明けたくて、たまらなかったのかもしれない。ホテルの名前まで、マミはうれしそうに、口にしている。私の脳内を、その名前が素通りしていく。たぶんそのホテルの前を、私は一生、通らないようにして歩くだろう。

「でもな、あたし、別に、熊島さんの家庭を壊そうとか、奥さんから盗《と》ってやろうとか、そんなことちっとも思っとらんの。それに、本気で好きか？　って訊《き》かれたら、答えはノーかもしれん」

「……………」

心臓も、言葉も、私は失ってしまっている。ほ、本気で好き、じゃないわけ？　でも、寝たんだ。寝たんだ、熊島先輩とマミは、裸で抱き合ったんだ……

「聞いてる？」

「うん」

「なんで寝たかというとな、それは、みんなのためであり、演劇部のためでもあるんじゃわ。これから何かとお世話になる人じゃしな、それに、あんなにも素敵な人がうろちょろしとったら、そのうち誰かが好きになってしもて、そうなったら、みんなの一致団結が崩れるかもしれんじゃろ？　じゃからあたしが手をつけたというか、さっさとそういう関係になったってこと。みんなの平和と友情を守るためにな。生け贄《にえ》というか、人身御供というのか、もちろん、熊島さんがそれなりに素敵な人だから、いただいたってこともあるけど。熊島さんも別に、本気じゃないと思う。ふたりとも遊び。ま、楽しいスポーツみたいなもんよ。気持ちよく汗を流して、シャワーを浴びたら終わりの関係。ギブ・アンド・テイク。そこんとこ、カオにはしっかり理解しておいて欲しいんじゃわ」

私には、マミの日本語を理解することができなかった。大学の教室内に立てかけられていた看板に、べたべたと書きつけられていた奇っ怪な文章よりも、マミの言っていることは、難解だと思った。

心が痛い

夏休みも、残すところ、あと一週間を切ってしまった。

数日前に、蒜山《ひるぜん》高原の裾《すそ》野にある大学受験「強制収容所」から、ジョー、こと、上條伊智子先輩が無事、帰還してきた。高原に放たれている牛たちを横目で眺めながら、日夜、猛勉強に励んでいたジョーは、合宿の最終週に受けた試験の結果、見事に「国立文系クラス」に入れる偏差値をクリアーできたという。これで、ジョーの京大受験への道の基礎は、しっかり固まったというわけである。

「さあ、もりもり働くわよ。選挙運動ならぬ、政治運動の開始じゃ！」

と、気勢を上げたジョーは、今までの遅れを取りもどそうとするかのように、エネルギッシュに動いてくれた。その勢いたるや、まさに、宣伝カーに乗って走りまわる選挙の候補者そのもの。「岡山県民のみなさま！　清き乙女の演劇部に一票を！」と叫んだかどうかは定かでないものの。

学生運動なら理解できるけれど、

「せ、政治運動って……いったい？」

目を白黒させながら、煙に巻かれたままでいた私たちに、ジョーは次々に朗報をもたらしてくれた。

まず、舞台の設営、大道具、照明と効果音。どんな舞台にも必要な、縁の下の力持ち。なくてはならない存在の、裏方さん。これは、ジョーの両親が営んでいる和食屋さんで働いている男性従業員ふたり――ひとりは板前修業中の人、もうひとりは出前のアルバイト――が引き受けてくれることになった。お店のワゴン車を使って、大道具を運んだり、メンバーの送り迎えをしたりするのもＯＫとのこと。

次に、衣装とメイクと小道具。これもまた、和食屋さんの常連客のひとりである、天満屋デパートの偉い人の鶴のひと声によって、なんと、デパートが協賛してくれる、つまり、無料であれこれ提供してくれることになったというではないか。私たちは確かに、天満屋デパートの屋上にあるお好み焼き屋さんの常連客ではあるけれど、そこまでしてくれるなんて。

「天満屋デパートは、太っ腹じゃなぁ」とマミ。

「天満屋さんは、満天の星。女子高校生の味方なのね」とエイミー。

「これからは、救世主百貨店と呼びましょう」とメグ様。

「それにしても政治運動いうのは、どえれぇことができるんじゃなぁ」となっちん。

互いに顔を見合わせながら、ひたすら感嘆している私たちに、ジョーは涼しい顔をして言った。

「あんたら、まだ、喜ぶのは早いじゃろ？　忘れたらいけんことがあるじゃろ？　肝心なことが、いちばん大事なことが」

すると、音もなくドアをあけ、音もなく部屋に入ってくる、意志の強い猫のように、べスが言葉を発した。柔らかい春の雨のなかに、冷たい氷の粒を秘めたような声で。

「それは、うちらがいったいどこで、劇を上演するかってことやな」

「その通りじゃ」

すかさず、ジョーが答えた。そして、矢継ぎ早に言ったのだった。

「上演場所は、総社市《そうじゃ》にある『そうじゃ市民憩いの宿』のフロントロビーに決定。上演日は、九月十五日、敬老の日。上演時間は、一回めが午後一時から、二回めが午後四時から。観劇料は無料。おまけとして、われわれ全員に、昼食と夕食を食べさせてくれて、それから、タダで温泉にも浸からせてくれるそうじゃ」

つかのまの沈黙があった。部員全員がすべてを理解するまでに、五秒くらいかかった。

総社市。憩いの宿。ロビー。敬老の日。温泉がタダ……

五秒後、みんながいっせいに拍手をした。

「わーい」「すごーい」「わーい」「すごーい」……

狭い部室いっぱいに無邪気な喜びの声が響き合うなか、

「これも、政治運動の結果なん？　どんないきさつで？」

と、私は問いかけてみた。いったいどういう「政治運動」を展開すれば、こういうことが可能になるのか、知りたかった。

「うん、まあな」

ジョーは大きくうなずいた。

「まあ、政治言うほど大げさなものでもないんじゃけどな。総社市の市役所に、うちの母の友だちがお勤めしとるんよ。市長さんの秘書として。その秘書さんから市長さんに直接、打診してもろうたんじゃ」

打診の内容とは。

Ａ高の健気《けなげ》な乙女たちが再創設した演劇部を承認させようとして、夏休みも返上して猛烈にがんばっている。しかしながら、受験勉強ばかりを重んじる学校側の反発を喰《く》らって、立ち往生している。総社市として、なんとか、彼女たちを応援してやれないものだろうか。青春時代には、受験以外にもパワーとパッションを注ぎ込めるものがあっていいはずだし、未来を担う健全な若者たちは、かくあるべきではないか。

市長は即座に決断を下した。市が運営している温泉付きの宿泊施設「そうじゃ市民憩いの宿」では毎年、敬老の日に、フロントロビーを開放してイベントを催している。今年はぜひとも『放課後のすずめたち』を上演してもらおうではないか。演歌ショー、のど自慢、三味線と民謡ライブ、落語と漫才大会などなど、今までは、どちらかといえばお年寄り向けのイベントが中心だったけれど、若々しい高校生たちが演劇を披露してくれたら、きっと大喜びされるはずだ。総社市の活性化と広報にもつながる、と。

「なるほど」

私は唸《うな》った。敬意の唸りである。要は、しかるべき人を通して、決断力と理解力のある人物に働きかけるということ。そのことによって、動かないはずの山でも動かせる、ということなのだ。もちろん、その働きかけに真摯《しんし》な情熱がこもっていれば、ということだろうけれど。

だが、それだけではなかった。本当の唸りは、このあとにやってくる。ジョーは、その先の先のことまで見通していたのである。

「総社市が全面的に応援してくれているとわかれば、A高のお膝元《ひざもと》の岡山市だって、動かんわけにはいかんじゃろ？　岡山市が動けば、当然のことながら、A高は動くわな。動かざるをえんじゃろ。なめくじ朝吹があわてふためいて、溶ける姿が見えるようじゃわ」

「いっしょに、高樹ブーと教頭も、焦ってぶーぶー言うのかも？」

こうして、われらが演劇部は晴れて正式に認められ、十一月の文化祭のときには、校内での旗揚げ公演をどかーんと打ち上げる。そんな華々しい結末が見えてきた。違う。これは結末じゃない。輝かしい成果であり、明るい未来であり、未来へ向かっていく船出なのだ。それらを築き上げた私たちの友情は、不動で永遠の「山」なのだ。この山は、崩れない。私たちはあとからやってくる後輩たちに、この山を残したい。

「岡山市を動かすためには、マスコミを動かすことじゃ。マスコミが動けば、市民が先に反応するじゃろ」

総社市での活動を岡山市に見せつけるために、ジョーはすでに、山陽新聞、中國新聞、NHK岡山放送局、山陽放送ラジオ・テレビなどにも声をかけ、九月十五日の舞台を取材してもらい、記事や番組にしてもらえるよう、段取りをつけてきたという。

私たちはもう誰ひとりとして、「わーい」「すごーい」とは言わなかった。そういう言葉を超越した喜びと決意で胸をいっぱいにしていた。私たちは黙って、夏が始まったばかりの頃、同じこの部室の、同じテーブルの上——卓球台を折りたたんでテーブルにしている——でしたことと、同じことをした。

あの日はなっちんだったけど、きょうはマミが「バン」と音をさせて、机の上に手のひらを置くと、その上に、メグ様、ジョー、エイミー、なっちん、私、最後にベスの順番で、手のひらが重なった。あの日は「七重塔」だと思った。きょうは「ピラミッド」だと思った。それくらい、私たちの結束は頑丈で、ぶ厚かった。

みんな、同じひとつのものを見つめていた。

手のひらのピラミッドと、友情と、未来。

ふと、顔を上げたとき、けれども私は、見てしまった。六人のうち、ベスだけが心持ち、私にしかわからないくらい、わずかに上目遣いに、別のものを見ているのを。別のものは、私の背後にあった。部室の壁に貼られている、熊島先輩の写真。ロミオとジュリエットのロミオ様。ベスの視線は、すがりつくように、そこに向かっていた。視線が私の頬《ほお》のすぐそばをかすめたとき、痛い、と、私は感じた。鋭い視線でもなく、強い視線でもなく、むしろ柔らかくて、はんなりした視線だった、にもかかわらず。

ベス、駄目だよ、そんな男、好きになったらいけん。その男はマミと――


敬老の日まで、あと二週間を切ってしまった。

稽古《けいこ》は順調に進んでいる。会場の下見と、宿のスタッフたちとの打ち合わせも済ませた。

会場となるフロントロビーは、とても広くて明るくて、壁のひとつの面が全面ガラス窓になっていて、見晴らしもいい。ガラス窓の向こうには芝生の庭が広がっていて、なんとその庭には、実物大の丹頂鶴《たんちょうづる》の彫像が置かれている。かもめでもなく、すずめでもないけれど、鳥には変わりはない。まるでこの庭も会場の一部みたいだ。

さらに画期的だと思ったのは、二階から螺旋《らせん》階段を伝って、一階にあるロビーにおりてこられるようになっていること。つまり、役者が二階から階段をおりてくる格好で、舞台に登場できるというわけだ。これを利用しない手はない。そのために、脚本を少しだけ改訂した。

舞台デザインも衣装もできあがり、難関だった第四幕も、一応、最後まで書き上げることができた。

一応。

しかし、それが問題だよと私は思っている。

一応、ではいけないのだ。完璧《かんぺき》でなくては、全応——こんな言葉は存在しないけれども——でなくては。

家族全員が寝静まった深夜、私はパジャマの上にカーディガンを羽織り、勉強机の上にノートを広げて、さっきから、悶々《もんもん》としている。一応、一応、一応じゃ駄目だ、なんとかしないと、でもどこを？

どこからともなく、こおろぎの声が聞こえてくる。秋を連れてくる声だ。夏のあいだ、うるさいくらいにぎやかだった蟬《せみ》たちの声は、めっきり弱まってしまった。

五日ほど前に書き上げたばかりの、第四幕。

最後の一場面も、ラストの見せ場も、できあがっている。だから、すでに不要になっているはずの下書きやアイディアのメモ書きを、私は意味もなく、性懲《しょうこ》りもなく、睨《にら》みつけている。演出家のマミも、熊島先輩も、ジョーも、残りのメンバーもみんな異口同音に「いいんじゃない」と言ってくれたけど、私は納得できていない。「いいんじゃない」では駄目なのだ。「いい！　結末はこれしかない！　絶対これじゃ！」じゃないと、私は納得できないのだ。

私は完璧主義者ではない。少なくとも今までは、そのつもりだった。だけど、この作品に限っては、私はなぜか、一ミリでも、一語でも、句読点ひとつでも、妥協したくない。百点ではなくて、二百点じゃなきゃ、許せない。自分にこういう粘り強さ、執念深さがあるとは、驚きだった。よっぽど大事なんだなと思った。私にとって、この『放課後のすずめたち』は、それほどまでに大事なんだ。

レコードなら、とっくに溝がすり切れているだろう。テープなら、とっくに伸びてしまっているだろう。それくらい、何度もくり返し再生してきた『放課後のすずめたち』を私は今夜も、なぞりつづけている。

第一幕では、ミーナと取田くんと鳥越さんが三角関係に陥る。揺れ動くミーナの恋心が、あますところなく描かれている。きっと、観《み》ている人はそれぞれに、昔の恋や現在の恋に思いを馳《は》せ、せつない気持ちになってくれるはずだ。導入として、ここは申し分ない。

第二幕では、ミーナとマーシャと鳥越さんが三角関係に陥る。

女同士の壮絶な恋の戦い。嫉妬《しっと》、羨望《せんぼう》、恨みつらみ、絶望、裏切り、誹謗《ひぼう》中傷など、ネガティブな感情のオンパレードで、ものすごい迫力がある。なっちんとベスの演技合戦。まるで、ボクシングの打ち合いを観ているような気持ちになって、手に汗を握ってもらえるはずだ。

第三幕では、鳥越さんと奥さんと取田くんが三角関係に陥る。

この幕には、いわゆる「コミックリリーフ」の役割を持たせている。緊張感と緊迫感あふれる第二幕とは対照的に、ここでは大いに和んでもらいたい。奥さんを演じるメグ様と、取田くんを演じるエイミーの、ユーモラスでファニーな掛け合いに、観客は大笑いをし、ほっとする。

ここまではいい。非常にいい。一応ではなくて、完璧にいい。

さあ、いよいよ第四幕だ。第三幕から二年という月日が流れて、ミーナもマーシャも取田くんも高校三年生になっている。正確に言うと、高三の終わり。最後の春休み。すずめたちの放課後は終わって、みんなはこれから、新しい世界に向かって羽ばたいていこうとしている。

一応「いいんじゃない」の第四幕は――

鳥越さんと奥さんは、すでに離婚している。離婚の原因は、明らかにされていない。

奥さんと取田くんは、あいかわらずファニーなデートをしている。取田くんからの結婚の申し込みに対して、奥さんは「まだ早い」と退ける。

「じゃあ、いつならいいの？　僕が二十歳《はたち》になったとき？」

「そうね、あなたが八十歳くらいになったら、ＯＫするわ」

「ええっ、そんなに待たないといけないんですか？　僕が八十ということは」

「わたしは百ね。式は天国で挙げましょう。素敵じゃない！　幽霊同士の結婚なんて」

　大笑いの場面がつづく。

　ミーナと鳥越さんは、めでたく結ばれている。ミーナは、マーシャとの壮絶な恋の戦いの勝利者だったというわけだ。おまけにミーナは、卒業公演の舞台で、あるプロデューサーの目に留まり、スカウトされて、念願だった女優の道を歩き始めている。鳥越さんは脂の乗り切った小説家。つい最近、ミーナをモデルにした小説を書いて、大成功を収めた。映像化される予定のその作品の主役を、ミーナが演じることにもなっている。つまり、このふたりの関係は、全面的なハッピーエンド。

　ミーナは、舞台の中央で両手を広げて、朗々と語る。

「わたしはもう、すずめじゃない。わたしは、かもめ。かもめ。まっ青な空に舞い上がる、かもめ。どこまでもつづく大海原を飛んでゆく、かもめ。ああ、なんて広くて、なんて青い世界なんだろう。かもめには旅立ちが似合う。かもめには愛が似合う。かもめには自由が似合う。

かもめには夢と希望と幸福と……そして、わたしには、あの人が似合うの」

ミーナは横向きになって、螺旋階段の彼方を見上げる。

そこに登場する——螺旋階段を颯爽《さっそう》とおりてくる——鳥越さん。

「いつも、いつだって、きみだけを見てきたよ。きみは僕のかもめだ。きみには翼があって、きみには自由があって、きみは好きなときに、好きなだけ、好きなところへ飛んでいける。だけど、帰ってくる場所は、たったひとつしかないんだ。それは、この僕の、この腕のなか」

舞台の中央でしっかりと抱き合う、ミーナと鳥越さん。

では、恋の戦いに敗《やぶ》れたマーシャは？

抱き合うふたりのうしろの幕に、マーシャの黒い人影が、最初は小さく小さく映り、その影が次第に大きくなっていき、ちょうど実物のマーシャと同じくらいの形になったとき、抱き合っているミーナと鳥越さんがうしろをふり返る。ふり返りながら、ふたりは寄り添ったまま、ゆっくりと体を回す。すると同時に、まるで透明な回転ドアをくぐり抜けるかのようにして、マーシャ本人が舞台の中央に姿を現す。魔法使いみたいな黒いマントに、全身を包んでいるマーシャ。腰のあたりまで、ぼうぼうに伸ばした髪の毛。ちょっと、いや、かなり恐ろしげで、不気味ですらある。観客全員、ぞっとする。

ここでいったん、暗転。

ふたたびスポットライトがマーシャに当たったとき、マーシャはすでに黒い服は着ていない。初めて黒服を脱ぎ捨てたマーシャは、いかにも十八歳らしい私服姿になっている。花柄のミニのワンピース。膝小僧《ひざこぞう》が可愛《かわい》い！　髪の毛は三つ編みにして、ピンクのリボンをきゅっと結んでいる。観客全員、息を呑《の》む。マーシャって、本当はこんなにも可愛い子だったのか！

そして、マーシャの最後の台詞《せりふ》。晴れ晴れとした声で、明るく。

「ミーナ、鳥越さん、おめでとう。末永く、お幸せにね。わたし、心から、あなたたちを応援しているの。心から、祝福します。わたしね、ふたりに、ありがとうって言いたいの。そう言える自分が好きやなって思えるの。鳥越さんを好きになったこと、今でもちっとも後悔していない。ふたりのおかげで、わたしは、恋と同じくらい大切なものが、この世にはあるってことを知ったの。それは、友情。ミーナとの友情は、不滅です。そのことがわかっただけでも、わたしの失恋は、素晴らしいものやったと思えます。ありがとう、わたしも飛んでゆきます。あなたと同じように、わたしもすずめから、かもめになって、羽ばたきます。わたしはミーナと違ってひとりやけれど、でも、ちゃんと、飛んでゆきます。ありがとう、さようなら、また会いましょう、いつかどこかできっと」

天井から、ぽつ、ぽつ、ぽつ、と、舞い落ちてくる、桜の花びらみたいな紙吹雪。両手で受け止めるマーシャ。紙吹雪の量、増えていく。あたりがまっ白になるくらい、降ってくる。降りしきる桜吹雪のなか、幕がおりる。幕には、大海原を目指して飛び立っていく、一羽のかもめの白い影が浮かび上がっている。

青春万歳、友情万歳、めでたし、めでたし、拍手喝采《かっさい》。

めでたし、めでたし？

めでたくない！

マーシャが心の底からふたりを祝福し、最後はきれいな桜吹雪でエンディング。いけん！　違う違う違う、と、私はマミの口癖を真似《まね》ながら、机の上に肘《ひじ》をついたまま、両手をこめかみに当てて、人さし指と中指できつく、ぐりぐりぐりぐり押さえる。

ひとつ、浮かんできた言葉があった。

軽い。

そう、軽いんだ。これでは、軽すぎる。浅すぎる。浅くて、薄い。浅薄なんだ。イージーなんだ。割り切れすぎている。果たして現実とは、こんなにも軽いものだろうか。人の心とは、こんなにもあっさりとしたものだろうか。マーシャの心は、もっとどろどろしているのではないだろうか。口では「祝福します」なんて言っていても、ほんとはそんなこと、露ほども思っていないのではないか。彼女の内面はもっと暗くて、淀《よど》んでいて、どす黒くて、底には、何か得体の知れないものが黒々と、蠢《うごめ》いているのではないか。たとえば、今の私の、この、心のように。

重い。

私の心は、限りなく重い。重い、重い、重い、私の思い。

第四幕の仕上がりに納得できていないから。

それもあるけれど、私の心を重くさせているものは、実はもうひとつ、ある。

私は机の引き出しをそっとあけ、奥の方から「重い物」を取り出した。

封筒に入った一通の手紙だ。差出人は、ベス。おととい、郵便受けに届いた。毎日のように顔を合わせているというのに、ベスはわざわざ手紙を封筒に入れ、切手を貼って、ポストに投函《とうかん》した。そこに、ベスの心の叫びを、切実さを、私は感じてしまう。心が痛い。読むたびに痛くなる。それでも読まずにはいられない。

杉本香織さま
突然こんな手紙が届いて、驚いてますか?
だとしたら、ごめんです。堪忍です。
でもどうしても、カオちゃんに手紙を書きたくなりました。
手紙じゃないと、伝えられへんこと。

たぶん勘の鋭いカオちゃんはもう気づいていると思うけど、わたしは熊島さんに恋をしています。いけない恋ですね。許されない恋、とも言えますね。奥さんがいる人やものね。でもカオちゃんも、熊島さんのこと、好きでしょう？

違いますか？　図星でしょう？

わたしね、カオちゃんの脚本を読んでて、そして、カオちゃんの考えてくれた台詞を言ってみて、なっちんの台詞を聞いてて、そのことがわかってしまったの。

だって、カオちゃんの書く台詞はどれも、熊島さんへの愛の告白みたいなんやもの。鳥越氏の台詞は、カオちゃんが熊島さんに言ってもらいたい（カオちゃんにってこと）言葉。

だけどね、カオちゃん、わたしはミーナとマーシャみたいに、あなたと熊島先輩を取り合いたくありません。カオちゃんとは絶対に、そういうこと、したくない。かといって、第一幕でミーナが言ってるみたいな「遠くから見つめるだけの恋」でいいとも思っていないの。

カオちゃんも少し知っての通り、わたしはみんなと違って、そんなに長くは生きられへんと思う。お父さんもわたしと同じ病気で亡くなってはるしね。だから、見つめているだけやなんて、そんな悠長なことは言ってられません。

だからカオちゃん、ひとつだけ、お願いがある。これが、この手紙を書いた理由。

一度だけでいい、わたしにチャンスを下さい。たった一度だけ、わたしに、熊島さんを下さい。そうしたら、あとは、あなたにあげる。一日でいい、一度だけでいい、ひとつきりの思い出さえあれば、わたしはその思い出だけを大事にして、残り少ない人生を生きていける。残りは全部、カオちゃんのもの。

それに、魅力的なカオちゃんなら、熊島さんを奥さんから奪ってしまえるかもしれへん。そうなったら、わたしはカオちゃんの味方。

ほんとうに、自分でもすごくおかしなこと、書いているとわかっているのやけれど、わたしのたったひとつのお願いを、大好きなカオちゃんに理解してほしいと思います。

わたしはマーシャみたいにはなれません。

カオちゃんと熊島さんのことを、心から祝福したりはできへんと思う。でも、カオちゃんを大好きな気持ちは、だれにも負けないつもり。そのことを忘れないでいてね。

重たい手紙になってしまって、ごめんね。

お返事、待っています。

菊野

返事はまだ、書けていない。

書けないまま、もう幾度、読み返したことだろう、今では文面がすっかり頭に入ってしまっているその手紙を読み終えたとき、忽然《こつぜん》と、浮かんできたものがあった。

それもまた「重い物」だった。

持ったことも、触れたこともないのに、重いとわかる。大きくなくても、それはきっとずっしりと重いのだ。

銃だ。

そうだ、銃だ。拳銃《けんじゅう》を出せばいいんだ。第四幕に必要なものは、ラストに出すべきものは、やっぱり銃。銃しかない。どうして今まで、こんな簡単なことに気づかなかったんだろう。いや、気づいてはいたのだけれど、「銃はないだろう」と、気づく端から退けつづけてきたのだった。

チェーホフの『かもめ』には、銃が重要なモチーフとして使われている。当然のことながら、そのことはしっかりと頭に入っていた。『かもめ』の第二幕では、トレープレフに銃で撃ち殺されたかもめが出てくるし、第四幕ではそのトレープレフが、拳銃自殺を遂げてしまう。しかしながら「高校生が演じる劇に、銃はふさわしくないだろう」と、私は考えていたし、マミも熊島先輩も「そうだね」と同意してくれていた。だから今までずっと、銃は使われないまま、錆《さ》びついてしまっていた。

そういえば、小説家の西条《さいじょう》ミチルさんは、言っていたではないか。

「フィクションには、現実を超えたもの、現実にはありえないものがないといけない。たくさんじゃなくていい。たったひとつでもいい。その『ひとつ』を何にするかによって、すべてが決まる」と。

高校生活に、日本社会に、銃はありえないもの。だからこそ、この脚本には登場させるべきなんじゃないか。

熊島先輩といっしょに西条さんのおうちを訪ねたのは、今から十日ほど前のことだった。倉敷の町はずれにある、小ぢんまりとした住宅街。二階建ての一軒家に、西条さんはひとりで、猫といっしょに暮らしていた。小説家である「鳥越さん」の人物造形に役立つかもしれないから話を聞きに行こうと言って、熊島先輩が連れていってくれたのだった。

「脚本、第三幕まで、読ませていただきました。すごくよかった。とってもよく書けてました。言うことなし。チェーホフの『かもめ』が見事に、現代の高校生の『すずめ』に生まれ変わっていた。杉本さん、あなた、文才があるわ。将来は小説家になったらどう？　応援するわよ」

いきなりそんな言葉で、彼女は私を舞い上がらせてくれた。

「杉本さんって、孤独は、好き？」

「あ、いいえ、はい、好き、かも」

私は、仲間が好きだったはず、だけど。

「群れるよりも、孤独を愛するのは、小説家の必要最低条件よ。ひとりぼっちで、いつも書いているの。本を読んでくれる人はいるけど、その人とは、この世では会えない。そういう孤独に耐えられる人じゃないとね。それと、潔癖主義と完璧主義の両方が必要ね。あとは、復讐心《ふくしゅうしん》と執着心、かしら？」

そう言って、軽やかに笑って見せた。なぜか「見せた」ように、私には見えた。

小柄で華奢《きゃしゃ》な体に、涼しげな柄の着物がよく似合っていた。着物は、西条さんの趣味。着るだけじゃなくて、自分で縫うのも好きだと言っていた。アンティークの着物を集めている、とも。三毛猫を膝の上にのせていた。竹久夢二の絵に出てくる女の人みたいだった。そんな外見とは裏腹に、彼女は私にとって、なんだかとても普通な人だった。小説家というと、イコール、ちょっと変わった人、エキセントリックでエキゾチック、そんな思い込みが私にはあったのだが、西条さんは幼稚な固定観念を軽々と蹴飛《けと》ばしてくれた。快活に笑い、こまやかな気づかいを見せ、優しくて、朗らかだった。でも、もしかしたら、あの「普通」こそが「仮面」だったのかと、これは次の日の朝、思ったこと。

彼女と過ごした時間は、色合いと密度が濃かった。言い換えると、彼女の言葉のひとつひとつに、ほかの人の言葉にはない重みを、私は感じていた。言葉を大切に扱い、言葉を仕事の道具にしている人の話す言葉というのは、こういうものなのか、とも思った。何か特別なことをしゃべっていた、というわけではない。普通の話題を普通に話していただけだ。なのに、違っていた。今にして思えば。

「鳥越氏？　うん、彼もうまく描けていました。彼って、いかにも小説家らしい男よね。ちょっと屈折したところがあったりして。うふふ、杉本さん、よくわかってるなぁって、私、感心しちゃったわよ。あなたの妄想力は一流よ。自信を持って」

早々と「取材」は終わってしまって、そのあとには、熊島先輩と西条さんの会話が弾みに弾んだ。文学論、演劇論、学生運動、ウーマンリブ、最近の社会情勢について。

私はふたりのそばで、ノートを広げて、懸命にメモを取っていた。とにかく、なんでもかんでも、書き留めておいた。今すぐ、じゃなくても、ずっとあとで役立つかもしれないと思って。私の人生にとっての取材、になっているような気もして。

懸命にメモ魔になっていた訳は、ほかにもある。

実はその理由がすべてだったと言ってもいい。私は、自分の心を、何か別のものに集中させておきたかった。すぐ近くにいる——なのに、ものすごく遠かった——熊島先輩のことを、なるべく意識したくなかった。熊島先輩に対する、天真爛漫《らんまん》な恋心は霧散していた。

前の晩かかってきた、マミからの電話によって。

——熊島さんも別に、本気じゃないと思う。ふたりとも遊び。ま、楽しいスポーツみたいなもんよ。気持ちよく汗を流して、シャワーを浴びたら終わりの関係。ギブ・アンド・

テイク。そこんとこ、カオにはしっかり理解しておいて欲しいんじゃわ。

胸に突き刺さっていた。マミの言葉が、ぐさぐさと。

マミは何度も「寝た」という言葉を口にした。寝た、寝た、寝た。私にはその言葉の本当の意味は、わかっていない。だって、寝たことがないから、まだ、誰とも。だけど「寝た」という言葉の持っている独特な耳ざわり、肌ざわりは、誰とも寝ていないからこそ、わかる。どんな肌ざわりか。ひとことで言うと、それは「不潔」だ。マミも熊島先輩も不潔だ。体じゃない、心が不潔ってこと。

それにしても、それまであんなにも好きだった、あるいは、好きだと思っていた人が、すぐ隣にいるのに、ひと晩たったら全然、好きとは思えなくなっているって、悲しいことだな、と、私は思っていた。恋って、ちっともいいものではなかったな。こんなにあっさりと「好き」がどっかへ行ってしまうなんて、まるで蟬《せみ》みたいだな。一週間しか、命がなかったんだ。

西条さんの家をあとにして、倉敷駅から再びいっしょに電車に乗って、岡山駅までもどる道すがら、さらに決定的なことが起こった。

倉敷駅のプラットホームに並んで立っていたとき、駆け込み乗車をしようとして走ってきた人から私を守ろうとして、熊島先輩は私の肩を抱き寄せた。それだけなら、どうってことなかった。けれど、抱き寄せたあと、ぱっと手を離した直後に、熊島先輩はその手で、私の手を「きゅっ」と音がするほど強く、握りしめてきた。一瞬だけ。わずか一秒だけの出来事だった。「あ！」と思った。「なんなの、これは」と思って、熊島先輩の顔を見上げた。先輩は例によって、まっすぐに私の両目に視線を当てている。「ああ、これだ」と、理解がやってきた。こんなことをされたら、女子高校生なら誰だって、簡単に落ちてしまう。恋という名の甘い落とし穴に、みずから進んで。熊島先輩は、知っているんだと思った。自分には、こういう芸当がいともたやすくできてしまうのだということを。

「危なかったね。杉本さんが線路に落ちたらどうしようかと思ったよ」

「すみません、ぼーっとしてて」

会話はそれだけだった。

電車に揺られながら、思っていた。もしもマミがあんな電話をかけてこなかったら、私は今、頰《ほお》を耳まで赤く染め、心臓をどきどきさせていたに違いない。触れられた肩と、握られた手にはまだ、強い電流が流れていたはずだ。こんな人、ロミオ様でもなんでもない。不潔で不純なただの男じゃないか。そう思うと、少しだけ剃《そ》り残しのある熊島先輩の頰の髭《ひげ》までが、なんだか汚いもののように思えてくる。この髭が「いいな、好きだな」と思っていた私は、どこにもいない。

家にもどってきたときには、熊島先輩のことはもう、どうでもよくなっていた。

ただ、私は、マミを嫌いになりたくなかった。恋を失っても、マミを失うことだけは、したくなかった。中学時代に、仲間の裏切りを経験して以来、かたくなに自分で築いた殻のなかに閉じこもって、薄っぺらな孤独に酔っていた私を外に引っ張り出してくれたマミ。マミが私に、仲間と友情の素晴らしさを教えてくれたのだ。

今も、そう思っている。

マミを失いたくない。嫌いになりたくない。絶対に。

マミの言葉が突き刺さったままの痛い胸を押さえながら、私はノートをぱらぱら捲《めく》って、西条さんの発言メモを読み返してみた。

どこかに「銃」が出てこないかと思って。

やまのぼり。出会った人。クマ、シカ……

かろうじて判読できるメモを見ていると、彼女の声がよみがえってきた。

「たとえば、山登りの途中で誰かに会う。現実の世界だと、同じ登山者に会うのよね。もしくは動物でもいいわ。熊とか鹿とか。でも、これがフィクションだとどうなるか？　山登りの途中で、火星人に会うのよ。それがフィクションというものなの。フィクションのおもしろさはそこにあるの。寿司屋でまぐろを注文するのは、現実よね。フィクションでは何かしら、めだか？　かたつむり？　蛙《かえる》？　蛇でもいいわ。ありえないものを、客に注文させる。さりげなく、大まじめに、嘘《うそ》をつく。それがフィクションの魅力。杉本さんが追求するべきリアルさは、現実のものじゃなくていいの。舞台上のリアルね。それさえあれば、観客は感動してくれる。だって、観客が観たいのは現実じゃないんだもの。現実に『あるかもしれない』と思えるような、もうひとつの現実、すなわち虚構なの」

そうか、拳銃を、舞台上のリアルなものとして、出せばいいんだ。

大まじめに、嘘をつけばいいんだ。

観客が観たいのは、リアルな高校生なんかじゃなくて——

舞台の上にだけ存在する真実。

第四幕、行ける！　ラストも決まり！

私の頭のなかには、電球が百個くらい灯《とも》っていた。それくらい、私の脳みそは冴《さ》えていた。書いて書いて、書きまくった。まっ白だった原稿用紙が、目の前で、早送りの映像を見ているかのように埋まっていく。自分のどこに、こんな力が宿っていたのだろう。これは銃の力だろうか。それとも、チェーホフの魂が私に乗り移っているのだろうか。

第一幕と第三幕にも、小道具として、拳銃を出すことにした。第一幕ではミーナが演劇用の小道具で、自殺の場面の練習をする。第三幕では、おもちゃの水鉄砲を使って、メグ様とエイミーの演じるファニーなカップルが、心中のまねごとをする。

そうして、第四幕でいよいよ、本物そっくりの拳銃が出てくる。

マーシャの台詞は、悩むこともなく一発で決まった。まるでこの台詞を書くために、この台詞に行き着くために『放課後のすずめたち』は在る、と言いたくなるほどだった。ラストのマーシャの台詞を書き上げたとき、壁の時計は、午前二時過ぎを指していた。まったく眠くならない目をこすりながら、第一幕から第四幕まで、通して読んでみた。いい！　最高にいい！　一応じゃない。全応だ。

興奮していた。

高揚していた。

体内の血管を流れる血液が、波打っているようだった。

この波に乗って、もう一本、別の脚本が書けてしまいそうな気さえする。恐ろしいほど、細胞のすみずみまで、覚醒《かくせい》している。

そうだ、あれを書こう。

原稿用紙を重ねて、家族が目を覚まさないように小さく、トントントンと音を立てながら角を揃えて、机のはしっこに置くと、引き出しのなかから、お気に入りの便箋《びんせん》を取り出した。この勢いに乗って、ベスに返事を書こうと思った。

今なら書ける。書いてしまえる。

私もベスに伝えたいことがある。手紙じゃないと、伝えられないこと。

あのね、ベス、ベスの推察通り、私も、熊島先輩を好きになっていた。そう、好きに、なって、いた。でも、現在完了の継続ではない。結果でもない。今は、大嫌いとは言えないけれど、大好きでもない、普通の好きでもない。でも、なんとも思っていないっていうわけでもない。好きだった、と、過去形にしてしまうことも、できないでいる。好きだった、ことがある。現在完了の経験がいちばん近いのかもしれない。

だって、熊島先輩はマミと――

好きでもないのに――

私は、ベスへの返事の手紙を書いて封筒に入れ、読み返すこともしないで封をした。

そして、切手を貼《は》って、投函した。ほとんど徹夜明けに近い、翌朝の登校の道すがら、自転車を停《と》めて、真夏の太陽が忘れ物を取りにもどってきたような残暑の陽炎《かげろう》のなかで。

表町商店街の入口の近くに立っている、赤い郵便ポストのなかに、手紙がはらりと落ちる気配を感じ取ったとき、同時に、ふと背後から誰かが近づいてきて、風のようにさぁっと通り過ぎていった、肩のあたりにそんな感触があった。

あっ、と思って視線を向けると、その人のうしろ姿だけが見えた。

黒い帽子に、黒い長袖《ながそで》のブラウスに、黒いロングのフレアースカート。全身、黒ずくめ。マーシャとは違う。年齢がかなり上。とても優雅な物腰と歩き方。大人の女の人。どこかで会ったことのある人だと思った。私はあの人を、どこかで見かけたことがある。

どこだっただろう？　すぐに思い出すことができた。書店だった。細謹舎の店内。チェーホフの『かもめ』を探しに出かけたとき、確かに、私はあの人とすれ違った。

――今ならまだ、引き返せる。

あの人はあのとき、そう言った。すれ違いざまに、つぶやくように。

誰なんだろう、あの人は。

あなたは、誰？

「人生の喪服」をまとったその女の人は、商店街の通路を奥へ向かって、滑るように足早に歩いていく。あっというまにその姿が小さくなっていく。まるでブラックホールに吸い込まれるかのように。

待って、待って下さい。

思わず、その人のあとを、追いかけていきそうになっていた。けれど、自転車の鍵を掛けて、籠《かご》から鞄《かばん》を取り出し小脇に抱えたとき、商店街から脇道へ逸《そ》れたのか、それとも、どこかのお店に入ったのか、その人の姿は、ふっつりと消えていた。

あの素晴しい愛をもう一度

「そうじゃ市民憩いの宿」の裏手に広がっている野原では野生のコスモスがちらほらと咲き始め、池のまわりでは赤とんぼが飛び交い、田んぼの稲たちは秋風が吹くたびに黄金色のさざ波を立てている。ときどき、残暑がぶり返したりすることはあるものの、空の色と雲の形と風の香りは、秋そのもの。

そんな九月の十五日、敬老の日の旗揚げ公演を五日後に控えた土曜日の午後、天満屋デパート様――部員全員、様付けで呼んでいる――から、舞台衣装が届いた。

ミーナ、マーシャ、取田くん、鳥越氏、鳥越氏の奥さん、五人分の衣装と、靴や鞄《かばん》や持ち物、アクセサリー類が、平べったい箱合計五個に、丁寧に幾重にも薄紙でくるまれた状態で収まっていた。

「わっ、見てこれ。信じられない。まるで……」

「メグ様、すてき！　まるで、お姫様じゃ！」

「エイミーさんは、まるで王子様よね」

「メグとエイミーのコンビは、それくらいメルヘンチックなのがちょうどいいね」

「なっちん、大人っぽい！　似合ってるぅ」

「ベス、あんたの黒装束、最高じゃあ！　でーれー迫力じゃでえ」

それぞれの衣装を手に取って、体に当てたり、当てて見せ合ったり、肩から掛けてうっとりしたり、撫《な》でたりさすったりしている部員たちに、ジョーが号令をかけた。

「よっしゃ、ほんなら、みんな、着替えてみようや。サイズが合わんところなんかがあると、すぐに直しに出した方がええじゃろ」

そのとき、部室に集まっていたのは、ジョー、メグ、なっちん、ベス、エイミー、そして私の、六人だった。

マミは「ちょっと用事があって、ほかに寄るところがあるので、少しだけ遅れてくる」とのこと。私が事前にマミから直接、聞かされて、マミの指示通りにみんなにそう伝えた。

実のところ、どこに寄るのかも、誰に会うのかも、私にだけは知らされていた。でも私はそのことを、たとえマミから口止めされなくても、誰にも言いたくなかった。なぜならマミはサンルームで、熊島先輩に会っているのだから。

会う目的は？

土曜日も夕方まで会社で働いているという熊島先輩が、短いお昼休みを利用して、わざわざマミに会おうとするのは、なぜ？ そんなこと、知りたくもなかった。つい「不潔なこと」を想像してしまう自分がいやだった。

私の浮かない気持ちとは裏腹に、残り五人の会話は、飛び跳ねている。弾《はじ》けている。弾け飛んでいるのは、会話だけじゃない。全員、気心も乙女心も知れた仲なので、誰の目を気にすることもなく、みんな威勢よく、ぱぁーっと制服を脱いで、衣装を身につける。「見て見て」と言いながら、くるくる回って見せたあと、またぱぁっと潔く脱いで、別の衣装に着替える。あたりには、ピンク色の体臭——私の鼻にはそういう「色」が匂《にお》っている——と、デオドラントの淡い香りがふわふわもつれるように漂い、男子が見たら鼻血を出しそうな、可愛《かわい》い色やデザインのブラジャーや下着のオンパレード。まさに、すずめたちのファッションショーの楽屋裏。脱ぎ散らかされた下着や衣服までが、チュンチュンとさえずっているように見えた。

誰の衣装も非の打ち所のない素晴らしさだったけれど、圧巻だったのは、ベスの黒い衣装だった。

第一幕で、ちらっと登場するときには、清楚《せいそ》な喪服。

第二幕で、ミーナとの女同士の「恋の鞘当《さやあ》て」が始まると、ふたりの言い争いが激化していくにつれて、衣装も不穏で怪しげなものになっていく。第二幕が終わりに近づいてきた頃、ベスが三回めの着替えをする衣装は、どこからどう見ても、恐ろしい魔女の様相を呈している。

ベスの顔立ちは、なっちんみたいに華やかではないし、メグ様のような、いわゆる絵に描いたような美人でもないし、エイミーみたいに「可愛い！」とも言えない。しゃべり方も性格も一見、引っ込み思案な感じの、地味な美少女。だからこそ、ベスが舞台の上で次第に牙《きば》をむき出しにしていく様《さま》に、観客たちはぞくぞく、ぞわぞわし、背筋を凍りつかせてくれるはずだ。そういうつもりで書いた脚本に、この衣装の変化は見事にマッチしている。メイクはなっちんが抜かりなくやってくれるだろう。

そして、極めつけの第四幕。ラストシーンのマーシャの衣装は、私の事前のリクエスト通り、魔法使いのマントを思わせるような、裾《すそ》広がりのロングコート。全身をすっぽり覆い隠すようなデザイン。つまり、マントの下には何を着ているのか、まったくわからないという仕掛けになっている。最後の最後になって、このマントをマーシャが脱ぎ捨てたとき、観客は初めて、マーシャの黒装束以外の姿を目にすることになる。見せ所だ。

「ベス、ちゃんと一発で脱げるかどうか、やってみたら?」

「うん」

エイミーに促されて、ベスはマントをまとった姿のまま、大きく両手を前に突き出すようにして広げ、

「……でも、ちゃんと、飛んでゆきます。ありがとう、さようなら、また会いましょう、いつかどこかできっと」

と、台詞《せりふ》を言いながら、言い終えると同時に右手を素早く首のあたりにあるボタンに掛けて、くいっと引っ張った。ボタンの下には、マジックテープが貼《は》られているのだろう。一瞬にして、マントはベスの体から離れ、一枚の黒い布地と化した。ベスの放《ほう》り投げ方も絶妙だったし、布地の飛んでいく形さえも美しかった。

「うぉーいい感じ」

「すてきです！」

「ブラボー」

「ベス、最高じゃ、あんたはやっぱりすげえ」

私以外の全員が、手をぱちぱち叩《たた》いて、ほめている。

「カオ、あんた、何か文句でもあるんか？」

目ざといジョーが仏頂面の私に気づいて、問いかけてくる。

「あっ、違うよ。文句なんか、ないよ、全然ない。ベス、最高。私はただ、マーシャがマントを脱いだあとのことを考えてただけ」

あわてて、私はそう取り繕った。

答えの半分は、本当だった。ラストシーンを大きく書き換えたことは、すでにみんなには伝えてあるし、ベスを含めてみんな、この変更に、大いに賛同してくれている。ドラマチックになったと喜んでくれている。

けれど――

「大丈夫よ、カオさん。ウェディングドレスのことなら、心配しないで。ワタクシたちの力でなんとかできると思うわ。ジョーさんの東奔西走のおかげで、みんなで出し合った部費もまだかなり余ってるしね、ドレスはレンタルすればいいわけなんだから、ね」

経理担当のメグ様が私の肩にそっと、手を置いた。

「わかってる、なんとかなると私も思う」

ウェディングドレスのレンタルについても、実は私は何も心配していなかった。どこで借りたらいいか、お店もすでに調べてあった。

改訂した脚本のラストシーンで、黒マントを脱ぎ捨てたあと、マーシャは女子高校生の可愛い私服ではなくて、ウェディングドレス姿で舞台に立っている。私が思案していたのは、そのあとの台詞だ。

あの夜は、勢いで書いてしまった。純白のウェディングドレス姿のマーシャが、拳銃《けんじゅう》で胸を撃ち抜く、という思いつきに興奮してしまっていた。筆が滑る、というのは、ああいう状態を指して言う言葉なのだろうか。あのときは「この台詞しかない」と確信していた。でも、あれは確信なんかではなくて、ただの陶酔だったのかもしれない、と、今は思えてならない。

脚本の変更をみんなに伝えた日の夜、ベスの反応――あんまり驚いていなかった――が気になって、私からかけた電話で、ベスはこう言ってくれた。

「かまへんよ。気にすること、なんにもあらへん。カオちゃんがそれでいいと思ったら、それがわたしにとっても、ベストな答えやもん。カオちゃんがわたしのために書いてくれた台詞、うちは心をこめて言うだけや。迷うことなんか、ちっともないと思うわ」

「ほんと？　マーシャの自殺、ちっとも気にならない？」

「ならへん、ならへん、だって、演技やもの」

「マーシャの台詞も……」

「カオちゃんったら、神経質！　わたしの手紙の文面をあんなにうまく利用してもらえて、うれしいくらいやのに。あの、下手くそな手紙にも意義があったなぁって」

それでも、私はまだ、迷っていた。

本当に、あの台詞でいいのかどうか。

本当は、迷うべきこと、考えを巡らせるべきことは、ほかにあった。それなのに私は、舞台のこと、脚本のこと、台詞のこと、要は、虚構の世界の事どもに、すっかり心を持っていかれてしまっていて、私からの返事の手紙を受け取ったベスの気持ち、ベスの失望、ベスの落胆、現実の世界でベスの心が直面しているであろう出来事に、思いを馳《は》せることができていなかった。短い期間に、あわただしく、何通かの手紙を書き交わしたあとも、私に対するベスの態度にはなんら変化はなく、それどころか、以前にも増して私に優しくしてくれている、とさえ感じられた。そのことに、私は甘えてしまっていた。私の脳内辞書からは「思いやり」という言葉が、すっぽり抜け落ちていた。

今の私には、いとも簡単にわかる。本当の理解は、こんなにも遅くやってきた。人には、ほかの人の気持ちや考えていることなんか、所詮《しょせん》、わかりっこない。「わかる、わかる」と口では簡単に言えるけど、わかったようなつもりになっているだけで、ほんとはなんにもわかっていない。けれど、たとえわからなくても、人を思いやるということだけは、できるはずなのだ。

あんな手紙を読まされて、泣かない人がいるだろうか。傷つかない人がいるだろうか。どうして、あんなことを、書いてしまったのか。どうして私は、あんな馬鹿な、あんな阿《あ》呆《ほう》なことを、馬鹿正直に、書いてしまったのか。ベスを傷つけるだけではない。あれは、マミに対する裏切りでもある。あれは、卑劣で卑怯《ひきょう》で最低の行為ではないか。私は、ベスのことを思ってそうしたのではなくて、自分のことを思って、つまり、自分が慰められたいから、自分が楽になりたいから、自分が救われたいから、あんな手紙を書いたのだ。無責任な言葉を垂れ流したのだ。

私の書いた手紙はベスを、必要以上に追い詰めたのではないか。ベスの、決して望んではいなかったある地点へ、加速度をつけて、向かわせたのではないか。

気が遠くなるほど長いあいだ、私は、悔やみつづけることになる。悔やんでも悔やみ切れない、二度と書き直すことのできない、十六歳の私の手が綴《つづ》った、白い紙の上に並んだ文字。

ベス、こと、菊野さまへ
お手紙、ありがとう。しっかりと一字一句、読みました。

愛の告白、驚きませんでしたよ。はい、ご明察。私、気づいていました。

ベスが熊島さんのこと、すごく好きなんだってこと。でもね、ベスが書いていた「台詞の解読」は、ご明察ではありません。私、熊島さんのこと、ちっとも好きじゃないです。私のタイプじゃないです。それに私は、奥さんのいる人を好きにはなりません。だから、そういう意味では、ベスは安心していて下さい。

ただ、ひとつだけ、ベスに伝えておきたいことがあります。

熊島さんには奥さんがいます。でも、奥さんのほかにも、彼には恋人がいるのです。そして、その恋人というのは、ベスも私もよく知っている人、なのです。ここまでしか、私には伝えることができないけれど、伝えないままでいるのは、とても卑怯なことだと思うので、伝えました。

それでもベスは、熊島さんが好きですか？　自分の好きな人として、ふさわしい人だと思えますか？　私はベスに道徳の授業をするつもりなんて、これっぽっちもありません。だけど、ベスにはもっと素敵な、もっと、青空に太陽がきらきらの、誰からも祝福されるような恋をして欲しいなと思うのです。ベスならきっと、そういう人に巡り会えるはずです。

ひとつきりの思い出、なんて、そんなこと、考えちゃだめ。ベスには、ひとつじゃなくて、ふたつ、みっつ、百、千……無数の思い出をつくって欲しいのです。

舞台、いっしょにがんばりましょう。ラストね、ついさっき、大きく書きかえたの。楽しみにしていてね。この舞台の成功は、黒服のマーシャにかかってる！

大好きなベスへ　　　　　　　　　　　真夜中のカオより

「遅くなりました！」

部室の扉があいて、マミが姿を現した。

マミの体の二倍以上はありそうに見える、膨らんだ紙袋を携えている。お布団でも入っているみたい。ベスは黒マント姿、メグ様とエイミーはお姫様と王子様、なっちんは上半身だけ制服に着替えて、下半身は花柄のパンティ一枚の姿で、マミを出迎えた。

「おお、衣装合わせ、順調に進行中じゃな。ベス、あんた、魔女が板についとるわ。なっちん、セクシー過ぎる」

急いで走ってきたせいなのかどうかはわからないものの、マミは頬《ほお》を紅潮させている。額にはうっすらと汗をかいている。汗ばんだ額にかかっているほつれ毛が、妙に色っぽい。

そんなマミの笑顔と姿は私に、熊島先輩の存在を意識させる。否応《いやおう》なしに、ふたりの逢《おう》瀬《せ》を見せつけられる。ついさっきまで、マミといっしょにいた熊島先輩は、別れ際に、マミの頬を赤く染めるような「何か」をしたのだろうか。今度はいつ「寝るか」、約束をしたのだろうか。不埒《ふらち》な邪推をしてしまう自分が、いやでいやでたまらない。

「じゃーん、お待たせしました。はい、これ、本日の戦利品」

マミは得意げに言って、大きな紙袋を持ち上げると、私の胸の前に差し出した。

え？　なんで、私なの？　なんなの？　この袋の中身は。

「カオもベスも気に入ると思うよ。カオのお眼鏡に適《かな》うとええんじゃけど」

私は思わず、鼻の上の眼鏡を指で持ち上げてから、紙袋を受け取った。片手だと落っことしてしまいそうになるくらい、重かった。こんなに重くて、かさばる物、よくここまでひとりで運んできたな、と思うと同時に、あ、そうか、熊島先輩に車で送ってもらったんだと気づいて、また勝手にずぶずぶ落ち込む。

テーブルの上に置いて、中身を半分くらい取り出したところで、私を除く全員がいっせいに歓声を上げた。黄色い歓声もあれば、まっ赤な歓声もあった。水色や桃色のため息がそこに混じった。重さのわりには「ちょっと小さいな」と私には思えた。

それは、

「きゃぁぁぁぁ、ウェディングドレス！！！！」

だったのである。

デザインはとてもシンプルで、裾を引きずるような仰々しいロングドレスではない。生地はたぶんシルク、その上に総レースの飾りが施されている。胸には薔薇《ばら》の透かし模様。膝小僧《ひざこぞう》が隠れるくらいの長さのギャザースカートには、星屑《ほしくず》を思わせるようなスパンコールが散らされている。袖《そで》はノースリーブ、だから肩はむき出しで、背中も大きくあいている。ウェストがきゅっとしまっていて、そこからスカートの襞《ひだ》が、薔薇の花びらみたいに幾重にも幾重にも——重量は、このスカートのせいだった——巻きつけられていて、見ているだけで、心臓が早鐘を打ち始める。このドレスを目にして、胸をときめかせない女の子がいたら、会ってみたいものだと私は思っている。いや、会いたくない。だって、その女の子は今の私、なんだもの。

「カオ、どう？　イメージ合ってる？」

「……合ってる」

おそろしいくらいに。

「じゃったらベス、着てみて。サイズ、合うかなぁ。9号より小さいはずじゃけど」

マミがドレスをベスに手渡した。

私の心臓は今、まったく別の理由でドキドキし始めている。

「合うと思う。わたし、7号でもちょっと、大きいときがあるし」

ベスはマントをはずし、その下に着ていた別の黒い衣装も脱いで、ドレスを身につけようとした。そばにいたメグ様がベスを手伝った。そのとき私は偶然、ベスの裸に近い胸を見てしまい、心臓を突かれたような気持ちになった。こんなにも細いのか、こんなにも薄いのか、乳房のかわりに、骨が浮き出ているじゃないか。

――カオちゃんも少し知っての通り、わたしはみんなと違って、そんなに長くは生きられへんと思う。お父さんもわたしと同じ病気で亡くなってはるしね。だから、見つめているだけやなんて、そんな悠長なことは……

病気のことには、あえてひとことも触れないようにして、私は一通めの手紙の返事を書いたのだった。ひとつきりの思い出、なんて、そんなこと、考えちゃだめ、と。あらためて、自分の書いた言葉の無神経さに、私は苛立《いらだ》ってしまう。

「きれい！」

「ベス、きれい！」

「今からすぐにでも嫁に行けるわ」

「相手はどがんするんじゃ？　ひとりじゃ結婚できんで」

私たちの目の前に、初々しい花嫁が立っていた。痛々しいほど痩《や》せているベス。皮肉なことにそのせいで、美しいドレスが似合い過ぎるほど、似合っている。まるで、ベスのために特別に縫われたドレスのように。

「その上に、黒いマント、羽織ってみて」

そう言って、私はマントを取り上げた。

「うんうん、それがいい。試してみないとね」

と、誰かが言った。

このドレスに、白いハイヒールを履いて、頭にはティアラか花を飾って、白い長い手袋をはめると、完璧《かんぺき》な花嫁姿ができあがるだろう。黒いマントの下に、白いハイヒールがうまく隠れるだろうか。手袋も、最初から、はめておかないと。でも、そうすると、マントから白い手袋が覗《のぞ》かないようにしないといけないな。髪の毛はどうする？　ティアラは？

　私は無理矢理、舞台のことだけを考えようとしている。

「完璧じゃわ。ベス、細いから、マントの下に何を着ているか、まったくわからんわ」

「ほんまじゃ。これでお客さんもすっかり騙《だま》されるわ」

「ところでマミ、このドレス、いったいどうやって……」

　なぜか、遠くで、誰かがマミにたずねている。複数の声。

　どこで、どうやって、調達したの？　誰かに借りたんか？　誰かのお古？　新品同様じゃなあ？　誰のじゃ？

　それらの声がなぜか、遠くで聞こえた。

　次にやってきたマミの言葉は、暴力的で破壊的だった。

「ああ、それな、演ボスの奥さんのドレスなんじゃわ。結婚式のとき、実際に着たんじゃて。私らのために、喜んで貸してくれるそうじゃ。さっき、演ボスから受け取ってきたんよ、サンルームで」

　ま、まさか。

　一瞬、私は女子高生であることをやめ、青春という舞台から、飛び降りたくなった。

　まるで、後頭部を金槌《かなづち》でガツンと叩かれたような気分だ。部室、テーブルと椅子、部室に置かれている備品、がらくた、みんなの言葉、歓声、笑顔、すべてがぐにゃりと歪《ゆが》んで見える。息が苦しくなってくる。

熊島先輩の奥さんが、結婚式に着たドレスを、ベスが着る？

今、実際に着ている。似合っている。そのことの意味に、その残酷さに、私は打ちのめされていた。何も知らないマミ。残酷なマミ。何も知らないジョー、メグ様、エイミー、なっちん。私だけは知っている。ベスの胸の内。今、ベスが痩せ細った胸のなかで、何を思っているか。

――だからカオちゃん、ひとつだけ、お願いがある。これが、この手紙を書いた理由。一度だけでいい、わたしにチャンスを下さい。たった一度だけ、わたしに、熊島さんを……

意味もなく眼鏡をはずして、指先でごしごし目をこすってから、私は壁の写真のロミオとジュリエットに意味もなく視線を当て、それからさりげなく、やはり意味もなさそうにして、ベスの方を見た。ベスはまったく別の方を向いていて、メグ様と、にこやかに言葉を交わしている。はっとするほど白い、ベスの首筋のあたりを見つめながら、私はベスに問いかけた。

ベス、大丈夫なん？

平気なん？

大好きな人の奥さんが結婚式で着たドレスを、平気で着ることができるん？

問いかけながら、私は自答していた。

きっと、平気なんだ。むしろ、喜んでいるのかもしれない。ベスには、そういう怖いところがある。怖くて、強いところが。そここそが、彼女の魅力なのかもしれない。だとすれば、私がごちゃごちゃ心配したり、考えたりするのは、余計なお世話というもの。ベスは、ちょっとやそっとのことでは、傷ついたりしない。彼女は私みたいに、うじうじしていない。きっぱりと、潔く、自分らしく生きている。そのことは、私の出した手紙に対するベスからの返事によって、証明されているではないか。

私はそう思うことで、自分の犯した罪に、上手に蓋《ふた》をしたつもりになっていた。

杉本香織さま
拝復（って、正しいですか？）。お返事をありがとう。ずいぶん書きにくかったと思います。それなのに、包み隠さず、いろいろ書いてくれて、ほんとうにありがとう。カオちゃんの友情に感謝しています。「愛」かもしれへんね、このお手紙は、カオちゃんからわたしへの。

そのほかのお返事についても、とっても感謝しています。

わたしの告白を重たがらずに、ちゃんと聞き届けてもらえたこと、うれしかったです。

カオちゃんが、うちのたったひとつの恋を応援してくれへんかもしれないことは、悲しかったけれど、でも、カオちゃんの言いたいこと、とてもよくわかりました。

わたしがカオちゃんの立場にいたら、おんなじこと、書いたと思います。

だから、カオちゃんはもう、あとのことは、気にしないでね。

何も何も気にしないで。

あとのことは、わたしがひとりで考えて、ひとりで決めて、進んでゆきます。カオちゃんを巻き込んだりして、ごめんなさい。カオちゃんが熊島さんを好きやなんて、勝手な誤解をしてたことも、ごめんね。

つくづく思いました。青春は、みんなと分かち合いたいし、分かち合えるものやと思うけど、恋は違うんやなと。恋はたったひとりでして、たったひとりで立ち向かっていくもの。そうやね？　カオちゃん。

熊島さんの「恋人」というその人もきっと今、ひとりで悩んでいるんだと思います。

わたしにはその人の気持ちが、手に取るようにわかります。嫉妬《しっと》というよりも、むしろ同情を、わたしは抱いています。

くり返しになるけど、うちの方こそ、一方的に思い込んでいて（カオちゃんが熊島さんを好きやと)、勝手なことばかり書いてしまって、ごめんなさい。カオちゃんもきっと、あきれていることでしょう。へんなお願いまでしてしまって、でも、笑ったり、怒ったりしないで、返事を書いてくれたカオちゃん、ありがとう。

あしたも元気いっぱい、けいこに励みます。ウェディングドレスで拳銃自殺のアイディアにはびっくりしたけど、カオちゃん、すごいです。

カオちゃんへの「あの素晴しい友情をもう一度」こめて。菊野より

その夜、私は、ベスからの返事の手紙を読み返しながら、何度も何度も何度も、神経がショートして切れそうになるくらい、マミが部室に持ってきたウェディングドレスと、それを身に着けていたベスの姿を重ね合わせた。

苦しかった。

吐きそうだった。

自分の脳みそを全部、口から吐き出してしまいたいくらい。

なんとかして、この苦しい心の森から、抜け出したかった。救われたかった。

抜け出すためには、救われるためには、逃げ出すしかない。辞めるしか、ない。ハンターに追い詰められた子鹿が、逃げ場を求めてさまよった挙げ句、見つけた一本の道。

私は引き出しのなかから便箋《びんせん》を取り出して、ベスに手紙を書いた。

部を辞めよう、と、決心していた。マミとベスと熊島さんのいるこの世界から、私が去っていくしか、解決方法はないのだと思っていた。

でも、その前に。

ベスに伝えておきたいことがある。

ベスへ
お返事へのお返事、ありがとうね。

ウェディングドレス、とてもとてもよく似合ってたよ。素敵だった。

あのね、ベス、私、ひとつ、謝らないといけないことがあります。

前にベスに出したお返事のなかに、熊島さんには奥さんのほかに、つきあっている人がいるって、書いたでしょう。

あれって、マミなんです。

そう、マミは熊島さんと、つきあっているのです。

熊島さんは、ベスが考えているような人じゃないって、私は思うのです。

だから私、ベスのことがすごく心配なの。

これから先、演劇部がどうなっていくのかも、心配なの。

こんなことになったのは、私の責任もあるのかもしれない。なぜだかわからないけれど、そんな気がしてしまいます。男がひとりも出てこない脚本を、私は書くべきでした。

ベス、今の私はどうしようもない思いを抱えて、これからどこへ、どう、進んでいったらいいのか、わからないような気持ちです。ただ、ベスのこと、マミのことが、すごく心配です。

ベス、それでも、熊島さんのことが好きですか？

好きでいつづけることができますか？

真夜中のカオより

真夜中のカオちゃんへ

お返事のお返事のお返事、ありがとう。おおきに、うれしかったです！

やっぱり、思い切って、カオちゃんに最初のお手紙を書いて良かったなって、心の底からそう思えました。いろいろ、いろいろ、考えてくれて、ありがとうね。

カオちゃんの言葉は全部、大切に受け止めました。言葉を大切に考えているカオちゃんが、書いてくれた言葉やもの。それと……熊島先輩には、奥さんのほかに恋人がいるってこと。実はわたしにも、それは前々から、わかっていたのです。漠然と、です。感じていたっていうべきかなぁ。ずばり、書きますね。それが、カオちゃんではないのだったら、マミちゃんしかいないと、わたしは思っていました。

だから、カオちゃんからのお手紙には、全然、驚かなかった。むしろ、これで、すっきりしたくらい。それに、マミちゃんがドレスを借りてきたときにも「ああ、やっぱりな」って、思っていたの。

カオちゃんはきっと、この手紙、すごーく書きにくかったやろうね。カオちゃんとマミちゃんは、大親友やものね。

それなのに、書いてくれて、ありがとう。

実は、カオちゃんを驚かせるようなことを、またまた書いてしまいますが、うちのママね、昔、お父ちゃんが闘病してはるときに、別の人（奥さんがいる人）を好きになってしまって、大変な騒ぎを起こしたことがあるの。わたしは、おばあちゃん（パパのお母さん）からよく、昔語りでそのことを聞かされてきました。

おばあちゃんは「菊野ちゃんにもきっと、そういう血が流れている」というような言い方をして、ママだけではなくて、わたしのことも、汚い物を見るような目つきで見ていました。

あ！　でも、うちが書きたかったことは、おばあちゃんの悪口ではありません。

カオちゃんやったら、きっと、わかってくれるはず。わたしは、自分にそういう血が流れていることを、実はとっても誇りに思っているのです。

マミちゃんは、わたしのこの「血」のことを、知っているんだと思います。マミちゃんのおばあさんの教室にママが通っているので、おしゃべりなママがみずから話したのかもしれません。もちろん、マミちゃんはわたしにそんなこと、なんにも言わへんけどね。

マミちゃんは、それでもいつでもずっと、わたしのこと、人一倍、大事に考えてくれてはるのね。それはうちが一番よう知っていることなの。マミちゃんは、大人です。

カオちゃん、なんだか、わけのわからない手紙になってしまいました。

とりあえず、お手紙ありがとう！！！　って気持ちだけをこめて。

あしたの朝、速達で出しますね。

きくの

ベスへ
速達、受け取りました。読んですぐ、お返事を書きます。
ベス、ごめんなさい。
私、あんなことを書くんじゃなかった。反省しても、後悔しても、遅いけれど、私のせいで、ベスの恋も、マミの恋も、むちゃくちゃになってしまおうとしている。私、ふたりの恋と友情を、自分が台なしにしようとしているのだと、はっきりわかりました。

ベス、私、きょう限りで、演劇部を辞めようと思います。実はひとつ前の手紙を書くときに決心していて、その決心はやはり、今も変わりません。むしろ、強まりました。

こんな私が、今まで通り、ずっと、何食わぬ顔をして、部にいて、みんなといっしょに笑いながら、何かをいっしょにやっていくなんて、できないし、許されないと気づきました。ベス、許して下さい。ごめんなさい。私も熊島先輩を、一時的には、本当は好きでした。そのことも、嘘を手紙に書きました。マミだけに罪をなすりつけようとしていました。

今度の舞台げいこの最後に、みんなの前で「辞めます」を言います。

理由は、今から考えて、誰も傷つかない理由にしますから、安心してね。

今まで、ありがとう！　楽しかったです。

香織

カオちゃんへ
辞めたりしたらイヤです！
そんなことしたら、わたし、ほんまに拳銃自殺するかもしれへんよ！

絶対にだめ！　あかんよ！！！　うちが許さない。

わたしは、カオちゃん、マミちゃん、熊島さん、みんなが好きなの。おんなじくらい、好きなの。でも、カオちゃんが辞めたら、わたし、カオちゃんを嫌いになってやる！　何か、文句ある？

この手紙をカオちゃんが受け取って、読み終えた頃に、お電話しますね。

つづきは電話でね。待っててや。

きくの

九月十五日がやってきた。

泣いても笑っても、晴れても曇っても、悩んでも悶々《もんもん》としても、時間だけは冷静に流れている。時間は、壊れることも、揺れ動いたり、乱れたりすることもない。時計は、早く進むこともあれば、遅く進むこともあるし、止まることもあるけれど、時間は時計とは関係なく、進んでいる。青春という時間も、また。揺れ動いたり乱れたりする私たちとは関係なく、青春時代という時間は静かに、冷たく、流れているのだ。私たちの熱い血潮の海の底を。

一回めの上演時間、午後一時よりも小一時間ほど前から、会場はすでに、満席に近い状態になっていた。とにかく、次から次へとお客様がやってくる。湧いてくるように、降ってくるように。信じられないことに、マイクロバスに乗った団体さんまで、しかも複数、やってくるではないか。お年寄りばかりかというと、そうでもない。総社市内にある中学校の演劇部の生徒たちもやってきてくれたし、温泉旅行を兼ねているのか、県外の町から訪ねてきてくれたカップルたちもいた。新婚さんもいた。マスコミ関係者はもちろんのこと、総社市役所の人たちはほとんど全員、一家総出で。

ジョーが事前に東奔西走し、宣伝に努めた結果は、めざましいものだった。宿では急遽《きゅうきょ》、折りたたみ式の椅子を追加で並べて、入場できる人の数を増やしたという。なんて晴れがましい、なんて有り難い、なんて光栄なことだろう。私たちは、楽屋として使っていいことになっている宴会場に集合し、着々と準備を進めながら、誰かが偵察に行ってきては報告してくれる客席の埋まり方に、喜びを隠せなかった。

上演の五分ほど前、宴会場のドアが突然ノックされて、マミがあけると、なんとそこには、立川先生が立っていた。遅刻に厳しい、あの、恐怖の立川である。

「たっ、立川、先生。あの、何か？」

応対しているマミ、かなりあわてている。

A高の関係者には誰にも、何も、伝えていない。でももちろん、どこからか、情報は流れていったのだろう。ジョーはそうなることを目論《もくろ》んで、いろんな仕掛けと政治活動をしたわけであるからして。

「応援に駆けつけました。はい、これ、非常にささやかなものですが」

なぁんて、立川はとても丁寧に言って、うしろに隠し持っていた花束を差し出してくれた。白薔薇と、ブルーのトルコ桔梗《ききょう》と、黄色いひな菊の花束。

「うわあっ、きれいじゃあ。立川、もとい立川センセ、センスなかなかええがぁ」

ミーナの衣装をまとったなっちんが言うと、

「先生の奥様のお見立てでしょう？」

と、髪をアップにして、さらに大人っぽさを増しているメグ様がふんわり。

立川は、照れたような笑みを浮かべている。

マミは、にやけている先生に、すかさず釘《くぎ》を刺す。わら人形に五寸釘。

「立川センセ。きょうは会場の一番うしろに、第一幕が終わるまで、立っといてもらいましょうか」

「えーっ！」

「だって、ほら、遅刻しとるよ。上演まで、秒読み。会場はもう閉めとるはずじゃ」

「先生、冗談ですってば」

と、エイミーがフォローする。

「ああ、よかった、安心した。そういえば、二回めのときには、あと何人か、我が校から応援が来ますよ」

「ほんとですか？」

「まさか、朝吹とか？」

「ああ、朝吹くんも来る言うとったし、確か、教頭と校長も」

「嘘でしょ？」

「嘘じゃないです」

「なめくじ、来るかー？」

「塩がいるでー」

「ブーはどうした、ブーも来るんか？」

「答えはブーじゃ」

ひとしきり、「どうする」「どうもこうもせん」「願ってもないことじゃ」「目にものを見せちゃるで」とぎゃあぎゃあ騒いで、立川が「それじゃあ、がんばって下さい」と言って去っていったあと、私たちは、宴会場のまんなかで円陣をつくった。畳の上で足を踏んばって。

テーブルはないけれど、マミがまず右手を前にぐいっと突き出して、

「すずめたち、行くよ！」

と、言った。

　ほとんど同時に、ごつごつしたジョーの手、小枝の寄せ集めみたいなベスの手、フランス人形のようにつるりとしたなっちんの手、ピアニストみたいに細長い指を持つメグ様の手、可愛らしいもみじのようなエイミーの手、そして最後に、中指にペンだこがぽこっと突き出している私の手が、重なった。誰かの手の甲の上に、誰かの手のひらが。情熱の上に情熱が。私たち七人の、最高で最上級で、とびきり素敵な、友情が重なり合った。その瞬間、空中で、ベスと私の視線が一本につながった。あの夜、ベスの「あの素晴しい愛」を私の耳から胸へ、流れ込ませ、染み込ませてくれた、電話線のように。

　カオちゃん、辞めたらあかんよ！

　うん、辞めない。もう、辞めるなんて、言わないから。

おきざりにした悲しみは

時間がまるで私の外側だけで流れているような、つまり私はひとり、この世に流れている時間から置き去りされてしまっているかのような、そんな錯覚に陥ったまま、はっと気がついたら、一回めの上演は終わっていた。

何もかも、うまくいった。非の打ち所がない、という言葉は、こういうときに使えばいいのだと思い知らされるほど。もちろん、細かい部分では「あ、ちょっと違うかな」「照明がうまく当たってない」「今の台詞《せりふ》、聞き取りにくかった」と思えるようなところも、いくつかは、あった。けれども、それらのミスを、ミスだと気づかせないほどの情熱が、気迫が、舞台には終始、立ち込めていた。瑕疵《かし》もまた、舞台を盛り上げる役割を果たしていた、とでも言えばいいのか。

「すごい、すごい、素晴らしい、信じられないくらい、どうしようもなく、素晴らしかった。なっ、カオ、そうじゃな。これは、奇跡じゃ、神業じゃ、そうとしか、思えん」

会場を埋め尽くしている大拍手、地響きのような大喝采《かっさい》、そここで上がる大歓声と口笛に包まれて、舞台の袖《そで》で我に返った私は「い、痛い」と感じていた。

痛い、痛い、やめて。

私の真横に立っているマミが、感極まったのか、私の二の腕のいちばん柔らかいところをぎゅっと摑《つか》んで、ぎゅうぎゅうひねり上げている。うれしくてたまらないのだろう。私は痛くてたまらない。マミの爪が食い込んでいる。

腕だけではなくて、胸にも。

幕が降りると同時に、マミと私は二匹の野うさぎみたいに、駆け出していった。舞台の中央に向かって。私たちのうしろから、熊島先輩も足早に。

舞台の上ではまだ、ウェディングドレス姿のベスが拳銃《けんじゅう》を握りしめたまま、うつぶせになって、倒れている。もう一方の袖から、エイミー、メグ様、なっちんが飛び出してくる。そのうしろから、ジョーが悠然と。

「すごかったなあ、ベス。天晴《あっぱ》れじゃ」

「ほんとに素敵でした。ほれぼれしました」

「マーシャの台詞、よかったよなぁ」

ラストのマーシャの独白。それは、ベスからもらった手紙のなかに書かれていた言葉をもとにして、この私が創作したものだった。改訂前の台詞は、マーシャが恋敵のミーナと鳥越さんの未来を祝福し、「ありがとう、さようなら、また会いましょう、いつかどこかできっと」と言う。そこに桜吹雪がはらはら舞い落ちてくる。美しくて清らかな、しかし、心にはまったく残らない、爪の食い込んでこないエンディングだった。それを大胆に書き直した台詞とト書き。

――ありがとう、さようなら、もう二度と、私たちは会いません。なぜなら私は、今から、死んでしまうからです。今、ここで、あなたたちの目の前で。

マーシャ、黒いマントを脱ぎ捨てる。

ウェディングドレス姿のマーシャが現れる。

拳銃はまだ、観客の目には見えない。

――潔く果てる前に、ミーナ、ひとつだけ、お願いがあります。一度だけでいい、私にチャンスを下さい。たった一度だけ、一瞬だけでいい、私にあなたの最愛の人を下さい。そうしたら、あとは全部、あなたのもの。この、短い人生の最後に、たった一度でいい、ひとつきりでいい、永遠の思い出を下さい。もう二度と、もどりたくない。もどりたくないのに、抱きしめたくなる。そんな思い出を連れて、すべての悲しみを置き去りにして、私はこの世を去っていきます。もう二度と、もどってきません。だから、私に、あの人を。

マーシャ、拳銃で胸を撃ち抜く。

天井から赤い血の雨（＝まっ赤な紙吹雪）が落ちてくる。

暗転。

赤いスポットライト、マーシャに当たったまま、幕。

「素晴らしかった。素敵で天晴れ。じゃから、素晴らしい言うんじゃな」

「いつのまに、あんな技を身につけていたのか」

「倒れるところも、うまかったなぁ」

「迫真の演技を見せてもらったよ」

大絶賛の言葉を受けながら、ベスはゆっくりと起き上がり、艶然《えんぜん》と微笑《ほほえ》んだ。巫女《みこ》さんみたいな笑み。

「最後がうまくいったのは、みんなのおかげです。おおきに、ありがとう」

ベスの体を支えようとするかのように彼女の背中に手を当てて、熊島先輩が言った。

「さ、気持ちを切り替えて、二回めもがんばろうな。その前に締めの挨拶《あいさつ》」

全員が声を揃《そろ》えて答えた。

「はいっ」

ふたたび幕が上がったとき、私たちは手と手をつないで、横一列に並んで立っていた。

役者たちを挟んで、私は右端に。マミは左端に。心をこめて、お客様にお辞儀をした。観客は、総立ちだった。小説家の西条ミチルさんの姿もあった。

列のまんなかには、なっちんとベス。みんながうしろに下がって、このふたりだけが前に進み出たとき、会場の拍手はいっそう大きく膨らんだ。今にも天井を突き破りそうな勢いだった。なっちんは舞台の中央で、ベスの手をつと離すと、横向きになって、ベスに向かって拍手をした。「いいなぁ、なっちん、かっこいいなぁ」と、私はなっちんの姿に見《み》惚《と》れた。『放課後のすずめたち』の主役は、なっちんだ。けれども、もしかしたら自分を食ったことになるのかもしれない脇役のベスに対して、なっちんは、惜しみない賞賛の拍手を送っている。こういうところがあって、こういうことができるからこそ、なっちんは素晴らしいのだ。彼女は将来、きっといい俳優になれるに違いないと、私は思った。


二回めの上演は、午後四時から。

三時過ぎまでの三十分ほど、思い思いに休憩を取ったあと――休憩時間に、マミとジョーとなっちんは全員を代表して、新聞記者のインタビューに応《こた》えていた――楽屋兼控え室の宴会場に熊島先輩と裏方の人たちも集まって、私たちは小さな反省会をした。

「マーシャのハイヒール、どうだった？」

気になっていたことを、私はみんなにたずねてみた。黒いマントにも、純白のウェディングドレスにも合うように、というよりも、なるべく目立たないようにという意図により、沈んだ感じのシルバーグレイの靴を、ベスには履いてもらっていた。が、私の目にはほんの少し、違和感があった。

「やっぱり裸足の方がやりやすいんやけど、裸足でもかまへん？」

間髪《い》を容れず、ベスが言った。実は、私もそう提案しようと思っていた。

「なるほど、最後は裸足の花嫁か。いいねぇ、その方がかえって、生々しくて、どっきりするよね。よし、それで行こう」

熊島先輩が即座に賛同し、マーシャの靴の件は、あっさり解決した。

そんなふうにして、直すべきところ、注意するべきところなどを伝え合っているうちに、途中からは反省会ではなくて「褒め会」になってしまった。みんなで、みんなの良かった点を挙げ合っているうちに、エイミーがうれし泣きをしてしまい、それに釣られて、メグ様、なっちんも、泣き出す始末。涙でメイクが崩れてしまい、大あわてでメイクを直さなくてはならなくなった。

「うぎゃあ、何これ、百足《むかで》がおるで！」

反省会のあと、控え室を去っていこうとしていた照明係の人が声を上げて、飛び退《の》いた。そこには、なっちんが落としてしまったと思《おぼ》しき、付けまつげが落ちていた。

三時四十五分を過ぎた頃、館内放送が流れ始めた。

「ご来館のみなさま、本日は、そうじゃ市民憩いの宿へようこそ、おいで下さいました。本日、一階ロビーにございます特別会場にて、岡山県立A高校の演劇部による、特別公演『放課後のすずめたち』が上演されます。上演時間は、午後四時からでございます。ご宿泊のお客様、温泉だけをご利用のお客様も、無料でご案内できます。ぜひ、お誘い合わせの上、一階ロビー特設劇場までお越し下さいませ」

事実上、A高には演劇部はまだ存在していないわけだが、私たち部員はこうして、今ここに存在しているというのもまた、紛れもない事実である。

役者たち、裏方さんたちはすでに全員、舞台入りしている。

最後のひとりだった私は控え室に鍵《かぎ》を掛けてから、廊下に出た。エレベーターで二階まで降りると、そこにある通路から、一階の会場を見下ろすことができる。

会場は、見事なまでに満席だった。一回めの上演のときよりも、さらに折りたたみ椅子《いす》が増やされている。それでもまだ足りないのか、宿のスタッフの人たちが追加の椅子を手に、右往左往している姿が見える。玄関のガラスの自動ドアはあいたままにされていて、そのスペースにも、椅子がぎっしり並べられている。ものすごい賑《にぎ》わいだ。百人？　二百人？　まさか、三百人はいないだろう。でも、気持ちとしては、それくらいに見えた。

立川が言っていたとおり、A高の校長、教頭、なめくじ朝吹、高樹ブー、そして、世界史の先生と音楽の先生と数学の先生も来ていた。校長と教頭と数学の先生は、家族連れだった。驚いたことに、またもや西条ミチルさんの姿もあった。彼女は、こんな素人の劇を二度も、見てくれようとしている。そう思うと、新たな感激が胸にこみ上げてくる。「演劇部再創設の承認」という夢は、これでもう、間違いなく実現するだろうと、私は確信した。だって、校長と教頭と朝吹が雁首《がんくび》を揃えて、来てるんだもの。朝吹のことだ。校長の前で、自分が演劇部の再創設に反対していたことなど、まるでなかったかのようにふるまっているに違いない。

こらこら、朝吹くん、下手な演技、するんじゃないよ。

心のなかで悪態をつきながら、私はマミの姿を探した。

通路の突き当たりを右に折れたところに、洗面所がある。もうじき、そこから出てくるだろう。私よりも少しだけ早く控え室を出たマミは「じゃあカオ、あたし、お手洗いに寄ってから行くね。またあとでな」と言っていた。だから、マミと私はこの通路で落ち合って、いっしょに舞台の下手《しもて》まで行く。特に約束をしていたわけではないけれど、自然にそうなるだろうと、私は思っていたのだった。

通路を進んでいく私の足が、止まった。

「……ひどい！　なんで、そんな勝手なことを。それならそうと、最初からそう言うてくれたらええが！」

マミの声が聞こえた。びくっとした。聞いてはならないものを聞いてしまった、とも思った。大きな声ではないものの、度を超えて激しく、相手をなじるような口調だったからだ。

「ひどいわ。ひど過ぎる。もう知らん！　もう、どうなっても知らんから」

怒りにまみれたマミの声。冷静沈着、エレガントをモットーとするあのマミを、ここまで怒らせているのは誰なのか、なんなのか。

「…………」

「最低じゃ。あんたなんか、最低じゃ。調子のエエことばっかり言うて、あたしを騙《だま》しておいて、さぞ、いい気分なんじゃろうな」

「…………」

相手の声は、聞こえてこない。いや、正確に言うと、声は聞こえるのだけど、何を言っているのか、言葉までは聞き取れない。誰の声なのかも、わからない。ぼそぼそと、確かに何かを言い返しているようではあるのだが。

対照的に、マミの声ははっきりと聞き取れる。

「知らん知らん。もう知らん。あんたなんか、死んでしまえばええんじゃ。大嫌い！　この、女たらし、人でなし、もう二度と、あたしに近寄ってこんで！　絶交じゃ」

「……ごめん……」

「謝ってなんか、いらんわ！」

「……あとで……」

「いらんわ！　埋め合わせやこう、していらん。放してよ、何するんじゃ。いらん言うたらいらんのじゃ」

次の瞬間、私の視界にさぁっと斜め線を引くようにして横切っていった人影は、マミと、マミを追いかけていく、鳥越先生の衣装を着けた、熊島先輩だった。「ああ、そういうことだったのか」と思いながら、壁に張りつくようにして、私はふたりの挙動を見つめていた。私が隠れる必要などないのかもしれないけれど、見てはならないものを見てしまったとき、人はなぜか、自分の存在を「ない」ものとしたいらしい。

マミがエレベーターに乗り込むと、閉まりかけている扉を両手で押し広げて、熊島先輩も乗り込んだ。ドラマの一場面を見ているようだった。閉まる直前、マミの姿は、熊島先輩の陰にすっぽり隠されていた。ふたりとも、ほんの数メートルしか離れていないところにいる私の姿になど、気づいてもいないようだった。

あっというまの出来事だった。

驚きが一番で、理解は二番めに、最後に感情が押し寄せてきた。

マミの激しい口調——髪をふり乱して怒っている般若《はんにゃ》の面が浮かんでくるような——に対する驚き。マミと熊島先輩のあいだに何か揉《も》めごとのようなものがあって、マミが熊島先輩を責めていたのだという理解。

ふたりが消えたあと、ひと組の男女の残像に包まれたまま、私は、私の胸を駆け巡る感情を持てあましていた。「マミも大変なんだな」という同情。共感ではなくて、同情。それと同じくらい「ざまあみろ、それ見たことか」という思いがあった。いい気味だと思っていた。遊びで人とつきあうからだ。奥さんのいる人とつきあったりするからだ。好きでもない人とセックスしたりするからだ。罰《ばち》が当たったんだ。まさに、鬼の首を取ったような気分だった。ベスへの手紙のなかで、マミの秘密を暴露したことを、私は「してよかった」と思っていた。なるほど、あれは許される行為だったのだと納得することができた。ベスだって、前々から薄々、感じていたと書いていたではないか。

私は正しいことをしたまでだ。潔癖主義にのっとって。

自己満足。それと同時に、私という人間は、親しい友だちに対して、こんなにもどす黒い感情を抱くことのできる人間なんだという思いがあった。のちに、私は知ることになる。これは「自己嫌悪」という名前を持つ、厄介な感情なのだと。長く、じわじわと、執拗《しつよう》に、人の首を真綿で絞めつけるようにして苦しめる、ネガティブなうずまき。

何食わぬ顔をして、舞台の袖まで行った。

開演時間まであと三分ほど。

私の姿に目を留めると、マミは小さく手を挙げ、何食わぬ顔で目を合わせてきた。私たちは、笑みを交わし合った。マミは、ついさっき「もう、どうなっても知らんから」と、熊島先輩に詰め寄っていた女のものだとは思えないような、穏やかな笑顔になっていた。この顔の下には、あんなにも恐ろしい女の顔が隠されているのかと思うと、なんだか、ぞっとした。けれども私だって、マミに対して、仮面をかぶっている。私はなんにも知りません。見ても聞いてもいません。あなたが好きです、という仮面だ。たまらない気持ちになる。友情ってなんなんだろう。友だちって、なんなんだろう。人と人って、本当にわかり合えているのだろうか。私はすでにマミを裏切っているというのに、その裏切りに、二重、三重に、泥を塗り重ねようとしている。

第一幕が始まって、十五分か、二十分か、そこらが過ぎていた。

舞台では、ミーナが鳥越先生への恋を自覚して、喜びと不安に揺れ動きながらも、みずから進んで三角関係に身を投じていく場面が展開されていた。

——ねえ、教えて。好きになるって、どういうことなの？　どうして、好きになるの？　好きという感情は、どこからやってくるの？　どこで生まれて、どうやって成長するの？　心？　でも心って、どこにあるの？　私たちの体のなかの、いったいどこにあるの？　どこにもないかもしれない心から、こんなに強い感情が、どうして生まれてくるの？　目にも見えないものを信じて、進んでいっていいの？　好きという感情だけに支配されてしまって、いいの？

なっちんには好きな人などいないはずだし、ましてや三角関係など、なっちんには縁もゆかりもないものであるはずなのに、この迫力、この説得力、この真実味。なっちんの演技力のなせるわざに感心しているさなかに、私は見つけたのだった。

マミが怒り心頭に発していた理由。

マミの激しい怒りの正体。

それらは、満員の会場のなかにあった。

無数の人たちで埋め尽くされた客席のなかに、その人はいた。一回めのときには、いなかった。おそらく「二回めの公演を見に来ることになった」と、熊島先輩がマミに伝えたか、あるいは、マミが先に気づいたか、したのだろう。前から二列めのまんなかあたり。一番いい席、と言ってもいいその席に、明らかに妊娠しているとわかる女の人が座っていた。すいかのお化けみたいに膨らんだおなかに両手を当てて。でも、首から上だけを見れば、絶世の美女、熊島先輩の奥さん。名前は、熊島佐和子《さわこ》。遠目にも、その人が熊島先輩の奥さんだとわかったのは、部室の壁に貼《は》られていた写真のジュリエット、そのままだったから。

マミは、熊島先輩の奥さんが劇を見に来ることを知らされて、怒っていたのだろうか。

それとも、そのせいで、きょうのデートの約束が反故《ほご》になったことを怒っていた？　わからない。わからないけれど、奥さん＝怒りの対象であることだけは、確かではないだろうか。妊娠していることをきょう初めて知らされて、怒っている？　でも、妊娠に腹が立つのであれば、結婚や花嫁衣装には腹は立たないのだろうか？　奥さんのドレスを借りてきたのは、ほかならぬ、マミだったのだ。

私は、私のすぐそばに、息づかいが聞こえるほど近くにいるマミを、なぜか、遠くに感じていた。わからない、と、何度も思った。

マミの気持ちが、あなたの考えていることが、まったくわからない。だって、マミ、奥さんが来ていることが、あるいは妊娠していることが、そんなにも腹立たしいってことは、それは、マミがものすごく熊島先輩を好きだっていう証拠ではないの？　本気で好きだからこそ、嫉妬《しっと》してるんじゃないの？　だったら、真夜中の電話で「好きでもなんでもない」なんて言ったのは、本当は、まっ赤な嘘《うそ》だったの？　なんのために、あんな曲がりくねった嘘をついたの？　好きなら好きで、いいんじゃないの？　そう思う傍らで、私はベスのことを思っていた。まっすぐに「私は熊島さんが好きです」と書いていたベス。その潔さ。その清純さ。ベスの思いこそが、真実の恋なのだ。人を好きになるということは、あのように健気《けなげ》な感情なのだ。見返りを求めない、美しい片想《かたおも》い。

ではあるけれど、ベス、熊島先輩は、あなたの純愛を受け止める資格も、受け取る値打ちもない人なんだよ。人間の屑《くず》なんだよ。どさくさに紛れて、私の手だって握るような人なんだ。

そこまで思い至ったとき、これまでにも何度か芽生えかけていた後悔が、私の体内で一気に膨らんで、爆発寸前になっているのを感じていた。

ああ、やっぱり、手紙の返事に、あんなことを書かなければよかった。

ついさっき「書いてよかった」と思ったばかりだったのに、今はまったく正反対のことを思っている私がいた。マミが熊島先輩とつきあっている、なんて、私は書くべきではなかった。あんなことを書いて、私はただベスを傷つけただけではないか。それだけじゃなくて、逆に、焚《た》きつけてしまったのかもしれない。では、何を、どう書けばよかったのか。どう書けば、ベスの恋の熱を冷ますことができたのだろうか。本当のことは何も書かないで「その恋、応援するよ」って、嘘を書けばよかったのか。わからない。どうすればいいのか。どうすればよかったのか。

ほかならぬベスに説得され、逆に励まされ慰められて、退部を思いとどまることにした、あの夜の電話――。

「カオちゃん、うちはまったく後悔してへんの。熊島さんを好きになってよかったと、この瞬間も思ってるの。マミちゃんが熊島さんを好きでも、つきあっていても、奥さんがいても、うちにはなんの関係もないの。だから、カオちゃんが後悔したり、反省したりする必要はないんよ。わかった？」

わからない。

あのときは、ベスの言葉に甘えて「わかった」なんて、言ってしまったけれど。

ああ、やっぱり、私は部を辞めるべきだった。

私はのうのうと、こんなところにいてはいけないのだ。消えてなくなりたい。蒸発してしまいたい。頭を掻《か》き毟《むし》りそうになっていた。青春とは、悔いの連続なのだと思いながら。

コミックリリーフの第三幕が始まって、会場のそこここから笑いが漏れているとき、私はひたすら、熊島先輩の奥さんを見つめつづけていた。

奥さんは、とても幸せそうな妊婦に見える。しかし妊婦というのは、ある種の人を確実に傷つける。ある種の人、たとえば、マミのような人。つまり、人の幸せは、人を傷つける。そんなこともあるんだと、私は漠然と悟りのようなものを得ていた。

幸せな妊婦。だけど、実のところ、あの人は幸せではない。本人は幸せだと思っていても、実際は違う。私はそのことを知っているし、マミも知っている。熊島先輩も知っている。もしかしたら、ベスも。それなのに、本人は幸せ。これって、どういうことなんだろう。人間って、ここまで愚かで、ここまで残酷なものなのか。奥さんがマミを傷つけ、マミが奥さんを傷つけている。互いに傷つけ合っている。奥さんの幸せがマミを不幸にする。マミの恋が奥さんの幸せに傷をつける。幸せが人を傷つけ、恋が人を傷つけるということについて、私はただぐるぐると、考えつづけていた。考えることしか、できなかった。考えても考えても答えの出ない問いというのはあって、それでも、考えずにはいられない。もしかしたら人生とは、そういう問いの連続なのではないかとさえ思った。

第四幕は、船が川を下っていくように進んだ。

本来、ここがいちばん重たい幕であるはずなのに、それまでの時間と演技の積み重ねによって、エンジンが全開になっているせいだろう。スピード感が増している。魚にたとえれば、飛び魚だ。夢中になって読んできた本の最後の十数ページが、一ページくらいに感じられるのと同じだ。

いよいよ、最後の場面がやってきた。

黒いマントを脱ぎ捨て、ウェディングドレス姿になったマーシャが言う。

――潔く果てる前に、ミーナ、ひとつだけ、お願いがあります。一度だけでいい、私にチャンスを下さい。たった一度だけ、一瞬だけでいい、私にあなたの最愛の人を下さい。そうしたら、あとは全部、あなたのもの。この、短い人生の最後に、たった一度でいい、ひとつきりでいい、抱きしめたくなる。永遠の思い出を下さい。もう二度と、もどりたくないのに、抱きしめたくなる。そんな思い出を連れて、すべての悲しみを置き去りにして、私はこの世を去っていきます。もう二度と、もどってきません。だから、私に、あの人を。

これが、マーシャの最後の台詞だった。はずだった。

ベスは裸足で舞台を踏みしめている。裸足にしてよかった、と、私は思っていた。なぜなら一回めのとき、ベスは履き慣れないハイヒールのせいか、ほんの少しだけ、体がぐらついていたから。私の目には、そういうふうに映っていたから。

裸足のベスは、言った。ここではメイクは落として、ベスは素顔になっている。素顔のベスは、言った。それは、私の書いたマーシャの台詞ではなかった。

「潔く果てる前に、ミーナ、ひとつだけ、告白があります。ミーナ、そして、みなさん。最後に、ひとつだけ、聞いて下さい。私の真実の言葉を。私には、好きな人がいます。それは、ミーナ、あなたの最愛の人ではありません。それは、まったく別の人です。この会場にいる、実在の人なのです。これは、フィクションではありません。私には、鳥越先生のほかに、愛する人がいるのです。その人への思いを胸に、私はこの舞台から、去っていきます。私は今からその人のもとに、飛んでいきます。なぜなら、私はかもめだから。放課後のすずめは、私は死んで、かもめになります。私は、死を恐れません。私は、死が怖くありません。さようなら、ありがとう、またいつか、どこかで会いましょう」

効果音の銃声が響いて、血の雨が降り、拍手が沸き起こる前のつかのま、私をふり返って、マミが小声で言った。

「どういうこと？　カオ、ラストの台詞、急に書き直したん？」

私は首を横にふった。マミがささやいた。

「じゃったら、アドリブか？」

「うん」

と、私はうなずいた。どう答えたらいいのか、とっさに、判断できなかった。

「私は死んで、かもめになります」と言ったベスの声が、耳の奥でこだましていた。

いつか、どこかで、確かに耳にした言葉だと思った。

そう、あれは、サンルームで、チェーホフの『かもめ』について、ベスとふたりでたわいもないおしゃべりをしていたときだった。途中からマスターが割り込んできて、きっかけは忘れてしまったけれど、ふたりが「生と死」について熱心に会話を始め、私はついていけなくなり、聞き役に回っていた。そのとき、ベスがマスターに向かって言い放っていた言葉の一部が、よみがえってきた。

「マスター、心配せんといて。うちはね、すごく幸せなんよ。人は誰でも死ぬやろ？　死は、誰のもとにも平等にやってくるんよ。うちはね、そんなに長い人生やないとわかっているだけに、今しかないと思うわけ。過去を悔やんだり、未来のことを心配したりせんと、現在、今この一瞬、一瞬にすべてを賭《か》けて、凝縮した生を生きることができる。せやし、うちは人よりも幸せなんよ」

あのときベスは「死が怖くない」と、確かに言っていた。

「うちは、死ぬのは、あんまり怖くないの。なぜかって、わたしは絶対に、自分の死を体験できへんのよ。そうやろマスター、死ぬ瞬間には、誰だって死を認識できへんやろ？　だって、もう死んでるんやから。人が『死』を経験できるのは、他人の死か、死体によってだけや。自分の死は、誰も経験できへん。経験できへんことは、存在しないこと。存在しないことは、無。うちは、無を恐れたりはしない」

何もかもを正確に、記憶していたわけではない。が、およそそのようなことをベスは言っていた。「死んだらかもめになる」という言葉は、そのあとに出た。

かつて、西条ミチルさんは語っていた。舞台は、虚構。だが、その虚構を支えているのは、真実の言葉。真実の楔《くさび》が打ち込まれていて初めて、その虚構は人の胸を打つ。真実は、感動的でもなく、かっこよくもなくて、時としてぶざまでさえあるけれど、そのぶざまさゆえに、人の心に届く。美しい爪痕《つめあと》を残す。

ベスは、あの台詞にこめたのだ、彼女の真実の思いを。

私には届いたよ、ベス、ちゃんと届いたからね。

ゆるゆると、幕が降りていく。

会場の拍手は、一回めのときよりも、やや少ないかなという印象を受けた。きっと、ベスのアドリブが劇の締めとして、それほどうまく機能していなかったせいだろう。この告白をベス本人のものではなくて、あくまでもマーシャの台詞として受け止めると、やや唐突な終わり方のような感じがして、消化不良になった人もいたのではないだろうか。しかしながら、それは私の思い過ごしというか、思い違いであったと、すぐに気づかされた。

ふたたび幕が上がって、みんなで手をつないで横に並んだとき、一回めの三倍くらいの拍手喝采に、私たちは包まれていた。

私たちは興奮していた。終わった。大成功裏に終わった。感動と興奮がかわるがわる押し寄せてきた。私も興奮していた。感動もしていた。それまでの葛藤《かっとう》と逡巡《しゅんじゅん》が、押し寄せてくる波のような興奮と感動に押しやられて、どこかへ行ってしまっていた。ベスのアドリブについて、深く考える心の余裕もなかった。

だから、気づかなかった。

私だけじゃなくて、誰も、気づくことができなかった。

控え室にもどって、みんなで団子状態になり、もつれ合ったり、もみくちゃにしたり、されたりしながら、喜びと達成感を分かち合っていた。そこへ、校長先生、立川先生、西条ミチルさん……次々に大人たちが現れて、すずめたちに祝福の言葉と花束を贈ってくれた。なっちんとエイミーは抱き合って、わあわあ泣いている。マミも洟《はな》をすすり上げている。ジョーは笑い泣きに顔をゆがめている。私も熱い涙で頬《ほお》を濡《ぬ》らしていた。

たまたま私のすぐそばにいたメグ様が、ひとりごとをつぶやくように言った。ざわめきのせいで、メグ様の声を耳にしたのは、私だけだったと思う。

「ベスさん、どこへ行ったのかしら？」

涙がすうっと引いた。

「えっ？　ベス？」

ベスがいない？

ベスがいない。

いない、いない、いない。

あたりをきょろきょろ見回している私の肩に、メグ様の、ふんわりした言葉がかぶさってきた。

「いないでしょ？　さっきからずっと、いないの」

ベス、どこへ行ったの！

その場にいた全員が突然、静かになったのは、私がそう叫んだからではなかった。どこからともなく救急車のサイレンが近づいてきて、急に大きくなったかと思うと、ぴたりと止まったからだった。控え室の静けさはたちまち、ざわめきに変わった。祝福の雨あられが一瞬にして、消えた。みんなが口々に、言い合っている。どうしたの？　何かあったんか？　え、ベスが？　いないの？　ベス？　どうしたの？　そこへ誰かが息を切らして、駆け込んできた。別所さんが倒れてしまって。うそっ！　ほんまじゃ。ベスが倒れたらしいわ。今、表に救急車が。ベスが倒れた？　血を吐いて？　そうじゃ、倒れたんじゃ。どういうこと？　あんなに元気だったのに。

私たちはやっと、気づいたのだった。

やっとのことで、私たちは気づいた。遅い理解だった。遅すぎる認識だった。実にうすのろな、とんまなすずめたちだった。舞台でベスが倒れたのは、あれは演技ではなかったのだ。体力の限界の果てに、ベスは崩れ落ちた。倒れ方がうまかったのは、一回めも二回めも、本当に倒れたからなのだ。最後の舞台挨拶のときには必死の思いで立ち上がったものの、そこまででついに、力尽きた。

ベスはたったひとりで恋をして、たったひとりで立ち向かっていった。

ベス、駄目だよ、ひとりで行かないで。

ひとりで行くなんて、許さないよ。

私は控え室を飛び出した。エレベーターを待つのももどかしく、螺旋《らせん》階段を二段飛ばしで駆けおり、ロビーを突っ切り、玄関から外に転がり出た。

駐車場の片隅で救急車のライトがくるくる回って、あたりには、不気味な光の縞《しま》模様が浮かび上がっている。懸命にベスの姿をさがしながら、私は思っていた。あの台詞は、アドリブなんかではなかった。あれは、ベスが最初から用意していた台詞だった。あれは、彼女から熊島先輩への最初で最後の告白だった。突然、サンルームのマスターの言葉がよみがえってくる。「みんなで守ってやらんといけんよ」――。

私は、人混《ひとご》みを掻き分けるようにして、前へ前へと進んでいった。救急車のすぐ近くに、そこだけ蠢《うごめ》いているように見える人波がある。その近くまでたどり着いたとき、私は見た。ベスはひとりじゃなかった。それが私にとって、唯一の救いだった。担架から救急車に移されているベス。血の気のない頬。青白い首筋。ウェディングドレスのスカートからのぞいている、蠟燭《ろうそく》みたいな二本の素足。それらを人目から隠すようにして、ベスに寄り添い、いっしょに乗り込んでいく熊島先輩。

ベスは「たったひとつの思い出」を創《つく》ったのだと思った。おもちゃの拳銃の代わりに、本物の血に染まった自分自身の手で。

ふたりを乗せた救急車は、サイレンを鳴り響かせて去っていった。

悔いと、過ちと、悲しみを置き去りにして。

今日までそして明日から

救急車に乗って去っていった、ベスと熊島先輩を見送ったあの日、私の青春時代は終わったのだと思う。

そのあとに起こったことは、物語にたとえれば、何もかもが蛇足だった。何もかもが、まるで、列車の窓から見えている景色のようなものだった。

すべてが、ただ、流れてゆく。

きょうもあしたもあさっても、列車は前へ前へと猛スピードで進んでいき、風景は一瞬、一瞬、私の視界をかすめはするけれど、ひたすらうしろへうしろへと遠ざかってゆく。そんな風景、つまり、出来事の「なか」に、私はいなかった。私は常に窓のこちら側にいて、外の世界で起こっていることをぼんやりと、眺めていたに過ぎない。

総社市での旗揚げ公演が功を奏して、A高校の演劇部は何年かぶりで息を吹き返し、その年の十一月の文化祭で、私たちは再び『放課後のすずめたち』を演じることになった。

ただし、学校側からの強い要望によって、第四幕のマーシャの拳銃自殺の場面は、大幅な変更を余儀なくされた。「拳銃」と「自殺」をいっさい出さないことを条件に、演劇部の再創設を認められたのである。

「自殺を演じたからといって、自殺を美化したり、そそのかしたりすることにはならない」

「自殺を描いて、自殺を止めることだってできるはず」

「拳銃で自殺することにより、フィクション性は増す」

部内で話し合いをしたときには、そのような意見をまとめて「意見書」を提出したらどうだろう、と、ジョーは提案したけれど、結局、私たちは、抵抗しなかった。無駄な抵抗をして、部の再創設を駄目にするよりは、妥協して、部を承認させる方がいいだろう、というところに、みんなの意見が着地した。

その背景にあったのは、ベスの入院だった。入院は、長引いていた。退院の見通しも立っていなかった。マーシャの拳銃自殺を演じられるのは、ベスしかいない。ベスが舞台に立てないのであれば、あの場面は、変更してもいいのではないか。みんなはそう考えた。もちろん、私も。

マーシャを演じたのは、マミだった。多数決でマミに決まった。マミは私を、メグ様はジョーを指名した。それ以外の部員は「マミにやってもらおう」と言った。入院中だった、ベスも。

第四幕で黒いマントを脱ぎ捨てたとき、マミは、ウェディングドレスではなくて、A高の制服姿になっていた。そして、恋敵《こいがたき》だったミーナと、鳥越さんの未来を祝福し、友情を讃《たた》え、高校生活を賛美した。紙吹雪に包まれて、実に空疎な台詞《せりふ》を朗々と言いながら。その台詞を書いたのは、この私だ。書かせたのは、情熱の燃えかすだ。制服を思いついたのも、私。窓のこちら側の傍観者の私。

それでも、舞台は成功した。

マミの制服姿がお目見えしたときには、そこここで歓声が上がった。教師たちも喜んでいた。たぶん、みんなも。私は、喜んでいるふりをした。満足感も達成感もなかった。あったとすればそれは、喪失感だけだった。確かに何かを得たはずなのに、失ったという気持ちしか残っていない。この感覚はそれ以降も長く、私の人生を支配することになる。

文化祭が終わったあと、演劇部の部員は、二倍に増えた。男子も入ってきた。

翌年の四月には、新入生が入ってきて、部員は合計二十一名になった。

創立メンバーが高三になり、事実上、部活からは手を引き、受験勉強だけに専念していた年、A高の演劇部はオペラの『蝶々夫人《ちょうちょう》』を演劇として上演し、岡山県青少年演劇コンクールで最優秀賞を獲得、主役を演じた女子生徒は「銀メダル」を受賞する、という快挙を成し遂げた。その頃の顧問は朝吹ではなく、自身も高校、大学時代に演劇部に所属していた、新任の美術の先生だった。彼女の指導力によって、演劇部は不動の地位を築き上げた。

私たちの卒業を間近に控えた二月、古い部室は取り壊され、改築されたばかりの講堂のすぐそばに、広くて新しい部室があてがわれた。

部室の壁には「ロミオとジュリエット」の写真のほかに、総社市での一回めの上演前後に撮影された、数枚の集合写真が飾られた。放課後のすずめたちは、額縁のなかに閉じ込められて、もうどこへも飛んでいけなくなった。

高校を出たあと、私は東京都内でひとり暮らしをしながら、私立大学に通った。

東京へ出ていきたい、という希望があったわけではない。が、生まれ故郷の岡山から、できるだけ遠く離れた場所へ行きたい、という強い願望があった。だから、親の手前、受験だけはしたものの、岡山と関西の大学は滑るべくして滑り、滑り止めと称して受けた、しかし私にとってはひそかな本命だった東京の女子大学に合格し、「ここだけしか、合格しなかったので、行かせて。生活費はバイトで稼ぐから、学費だけ出して」と親を説き伏せ、半ば強引に上京した。母からは「これは大学進学ではなくて家出じゃ」と叱責《しっせき》されながら。父からは「キリスト教系の女子大へ行くなんて、おめえには似合わんで。将来は尼さんにでもなるんか」などと揶揄《やゆ》されながら。

私はもう、誰にも、何ものにも、振り分けられたり、選《よ》り分けられたりしない。自分の人生は、進む道は、自分で決める。そんな強い意志——意地かもしれない——が、針金みたいに背筋に通っていた。それはまだまだ折れやすく、曲がりやすい針金でもあったわけだが。

大学時代はもはや、青春時代ではなかった。名づけるとすれば、恋愛時代か。高校時代の、未消化のまま終わった失恋の穴埋めをするかのように、私は恋愛にのめり込んだ。潔癖主義はすっかりなりを潜め、読書家も返上し、ひたすら恋愛に夢中になった。かつては本を購《あがな》っていたお金は、洋服と化粧品に費やされた。世の中で起こっている出来事なんてどうでもよくて、六畳と四畳半ふたまのアパートのなかで起こっている出来事だけに関心があった。

ときには一途な恋愛に身を焦がし、ときには不毛な恋愛に性懲《しょうこ》りもなくのめり込み、ときには救いようのない恋愛に沈没し、溺《おぼ》れそうになり、あっぷあっぷしながら大人になり、就職し、転職し、アルバイト先の書店で出会った日系アメリカ人と結婚して渡米し、人生の悲喜こもごもを味わいながら、いたずらに歳月を重ね、三十代の終わり頃になってから、小説を書き始めた。得意なことは、文章を書くこと。好きなことも、私にできることも、書くことしかないと、悟ったのだ。西条ミチルさんの紹介を得て、ある出版社の編集者と巡り会い、それ以降、細々とではあるけれど、業界のかたすみで作品を発表しながら、今に至っている。

ジョーは、念願の京大に進学し、大学院を修了したあと、岡山にもどって、大学の研究員、教職、企業のシンクタンクのコンサルタントなどを経て、三十代の初めに県会議員に立候補し、当選した。革新政党の旗手として、政治家の道をまっしぐらに進んでいる。近く、参院選に挑むと聞いている。

メグ様は、岡山県内にある短大を卒業してほどなく、お見合いで結婚し、歯医者さんの奥さんになった。三人の子どもを育て上げ、世に送り出したあと、知り合いが経営している幼稚園の先生をしながら、夜間大学に通ってカウンセラーの資格を取り、数年前から、いじめ問題に積極的に取り組んでいる団体の、主要メンバーとして働いている。

ついこのあいだも、地元のラジオ放送に出演して、

「いじめを『いじめ』ではなくて、はっきりと『暴力』『暴行』『集団暴行』『言葉の暴力』『人権侵害』というふうに、個々のケースに合わせて呼ぶべきです。報道する者は『いじめを苦に自殺』と被害者を表現するとき、同時に『執拗《しつよう》な恐喝行為によって、生徒を死に至らしめた』『学校は責任を放棄した』と、加害者の姿も正確に表現しましょう。いじめは、犯罪なのです。犯罪をおかした者は、罰せられなくてはなりません」

などと語って、マスコミに注目されていた。

エイミーは、岡山大学に進学し、下り坂になっていた学生運動に身を投じ、一時期は機

動隊員に向かって石なども投げていたようだったが、本人曰《いわ》く「ぱたっと転向して」、卒業後は県内にある「まじめだけが取り柄の」会社に就職。職場で知り合った「普通の人」と結婚し、ふたりの子どもを産んだあと、ご主人のシンガポール赴任にともなって、一家で海を渡った。現地では日本人学校に勤務し、日本にもどってきてからは、ご主人のお父さんの営む工務店の仕事を手伝っていた。

なっちんは、俳優になった。神戸にある大学に進学し、中退して劇団に入り、舞台で活躍したあと、映画やテレビドラマにも出演するようになり、演技派の俳優として、人気を博した。何しろ、あの美貌《びぼう》に、あの土着の岡山弁である。

中年以降になってから起用されたCMシリーズ——味噌《みそ》を製造している会社のもののなかで、エプロン姿のなっちんが味噌汁をつくりながら、久しぶりに帰省してきた息子に、にっこり笑って言う「おめえ、どがんしょうったんじゃ」は、その年の流行語になった。シリアスな演技も、コミカルな演技もできるし、子どもから大人まで、幅広いファン層を獲得している。なっちんの所属事務所からの依頼で、私が代筆した半生記『泣いても笑っても役者』は、ロングセラーになった。恋の噂《うわさ》もなく、結婚したこともないけれど、二十歳のときに産んだ「桜《さくら》」という名前の娘さんがいる。当時はまだ、シングルマザーという呼び方がなくて、なっちんはみんなから「未婚のおっかあ」と呼ばれていた。桜さんは現在、テレビの報道番組のプロデューサーとして活躍している。

マミは——

マミは、どんな二十代を過ごしたのだろう。どんな三十代を、四十代を、過ごしたのだろう。マミのその後を、私は長いあいだ知らなかったし、知ろうともしなかったし、知りたいとも思わなかった。なぜなら、マミと私は二十代の初めに大げんかをし、勢い余って絶交してしまい、以来、会うことも、仲直りをすることもなく、疎遠になってしまい、疎遠になったまま、私はアメリカへ引っ越してしまったから。

直接の原因は、実につまらないことだった。

つまらないこと？

そう、つまらないこと、と、今なら言い切れる。けれど、当時は決して、つまらないことではなかった——つまらないこと。

事の発端は、大学三年の夏休みに計画されていた「演劇部の同窓会」に、私が無断で欠席したことにあった。恋にずぶずぶのめり込んでいた私は、会の前日の夜になって急に「今からそっちへ泊まりに行ってもいい？」と言ってきた彼との時間を優先し、帰省をとりやめ、同窓会を無視した。

欠席の電話連絡は、会の翌日になった。友人に電話一本かけるのも煩《わずら》わしく思えるほど、私はその男に夢中になっていた。どうせ複数の人の集まりなのだから、私ひとりが顔を出さなくたって、どうってことないだろうとも思っていた。

そんな私の怠慢と不義理を、マミは電話線が切れそうなほど激しく責めた。

「なんじゃ。男にうつつを抜かして、骨抜きにされて、だらしのない」

どんなに私が謝っても、許そうとしなかった。

「情けない、カオがそんな女じゃったとは」

「友だちを友だちとも思わん、あんたは最低の女じゃ」

「もう二度と、あたしらの前に、腐ったその顔を出さんといて」

罵詈雑言《ばりぞうごん》の嵐《あらし》を浴びて、私はつい、言わなくてもいいことを言ってしまった。もしかしたら、それまでずっと言いたくてたまらないのに我慢していたことが、頭に血がのぼった瞬間、口から出てしまった、ということなのかもしれない。

「何よ、マミの方こそ、昔から勝手なことばっかりしてきたくせに」

私も激しい剣幕でまくし立てた。応戦した。徹底的に非難した。熊島先輩とマミのこと。熊島先輩と別れたあと、マミが新入部員の男子を誘惑し、その男子の彼女を泣かせていたことも。

「マミこそ、腐っとったんじゃないの？　好きでもない人と寝とったくせに。違うわ、ほんとは好きで好きでたまらんかったんじゃろ？　あの女たらしの熊島さんを。演劇部をまとめるため、とか言って、自分に都合のいい理屈をつけて、結局は、マミこそ、骨抜きにされてたわけじゃない？　熊島さんに。自分のしたことで、ベスがどれだけ傷ついてたか、ちょっとはわかってんの？」

つい、ベスのことを、出してしまった。

当然のことながら、マミは怒った。烈火のごとく。

「何を言っとるんじゃ。ベスが傷ついたんは、カオが出した手紙のせいじゃろが」

「違う。ベスは違うって言ったもん」

「違わんよ。あんたが余計なことを書いたからじゃ。おまけに、あたしのことまでようバラしてくれたな。秘密、守れるって言ったのに。裏切り者じゃ、あんたは。自分を知れ、自分を。恥を知れ恥を」

「本当のことを書いて、何が悪いの？」

「阿呆《あほう》、世の中には、書いてええことといけんことがあるんじゃ」

三年前、高三のときにした大げんかが蒸し返された。熊島さんから聞いて――ベスが熊島さんに話したのだろうか――私の手紙の内容を知ったマミが、激怒の電話をかけてきた日と、似たような会話が始まった。

「だって、それを書かないと、ベスを止められないと思ったから」

「何を止めるんじゃ。そんなもの、誰にも止められんわ」

しかし、三年前とは大きく違う会話に発展させてしまったのは、私だった。

「止められたかもしれないじゃない！　ベスの自殺を」

もう駄目だと思った。いったん口にしてしまった言葉は、口のなかにもどってこない。

「自殺ぅ？　なんじゃそれは？　聞いとらんよ、そんな話は。カオ、頭がどうかしたんと違うか？」

そのあとに私は「ベスの舞台にかけた情熱は、体力の限界を超えてがんばっていたのは、ゆるやかな意味での自殺だったのかもしれない」と、言ってしまった。言いながら、「こういうことこそ、言ってはならないことだ」とも思っていた。

マミはベスに関しては、それ以上何も、言わなかった。マミとベスのあいだには何があったのか。何もなかったのか。それを知りたいと、私は思わなかった。知ったところで、何がどうなるというわけではない。今となっては、虚《むな》しいだけではないか。

途中から、私の言葉が終わらないうちに、マミがどんどん言葉をぶつけてくるので、私たちの会話はめちゃくちゃになった。

「それよりも何よりも、とりあえず、あたしが何をしようと、誰を好きになろうと、あたしの勝手じゃ、あたしの人生、カオに説教されたくないわ」

「だったら、私だって、何をしようと勝手だと思うけど。同窓会を無視しようとしまいと」

「それとこれとは、話が別」

「どこが別なの？　おんなじじゃない？」

不毛な口論のまっさいちゅうに、ひとつ、浮かんできた仮説があった。ひらめいたと言ってもいい。もしかしたらマミは、ベスが熊島さんを好きになるのを阻止するために、熊島さんとつきあい始めたのだろうか、という思いつきだ。

――あんなにも素敵な人がうろちょろしとったら、そのうち誰かが好きになってしもて、そうなったら、みんなの一致団結が崩れるかもしれんじゃろ？

マミはあのときすでに、「誰か」というのがベスである、と気づいていたのだろうか。

ベスは手紙に書いていた。

――マミちゃんは、それでもいつでもずっと、わたしのこと、人一倍、大事に考えてくれてはるのね。それはうちが一番よう知っていることなの。マミちゃんは、大人です。

もしかしたらマミは――

ベスのことを思って、熊島さんに近づいていったのか。でも、もしもそうだとしても、きっかけはそうだったとしても、そのあとに、マミはいっときだけ、本気で好きになってしまっていたはずだ。総社市での公演中、私の目にした光景とマミの般若の面がそのことを証明している。

マミも苦しんだのだ、きっと。

今も苦しんでいるのかもしれない。私と同じように。

電光石火のごとくひらめいたその思いを、考えを、私は即座にぐりぐりと指で押しつぶしてしまった。

冷静に話す、なんて、無理だった。電話ではなくて、ふたりで会って、顔を合わせて話していれば、話はもっと違った方向に進んでいったのかもしれない。ベスだって、そのことを望んでいただろう。でも、そのときの私たちには、無理だった。こんな怒りは理不尽だとわかっていながらも、相手にも自分にも怒っているから、怒りに巻き込まれてしまって、心も言葉も、怒りにしか向かっていかない。

最後は「絶交じゃ」「こっちこそ」などと言い合っているさいちゅうに、ほとんど同時に堪忍袋の緒が切れ、受話器を叩《たた》きつけるようにして、電話を切った。電話線も、縁も、友情の糸も切れた。

ときどき、誰かがひょっこり、マミの近況を知らせてくれることは、あった。熱心に、仲直りをすすめてくれる人もいた。大学時代には、マミと同じ京都に住んでいたジョーがよく手紙をくれて、そこにはマミのことも書いてあった。マミが岡山にもどってからは、メグ様やエイミーが知らせてくれることもあった。もらった手紙に対して、私は律儀に返事を書いたが、マミのことにだけは触れなかったし、質問もしなかった。同窓会の知らせが届くと、いつもなんらかの理由をつくって「欠席」の返事をした。

意地を張っていた。

つまらない意地だったと思う。幼い愛だった、とも言えるだろうか。マミのことが好きだったからこそ、「ごめんね」のひとことが言えなかったし、書けなかった。私自身、恋愛の海にどっぷり浸かって抜け出したあとには、恋愛とはそもそも不条理なもので、「好きでなくても寝る」という行為も、好きなのに「好きでもなんでもない」と言ってしまう心模様も、奥さんの妊娠に激怒していたマミの気持ちも、肌身に染みて理解できる、という気がしていた――にもかかわらず。

私よりも、マミよりも、ベスが一番、私たちが仲直りをすることを望んでいる、とわかっていた――にもかかわらず。

私は意地を張りつづけた。

過去の自分と現在の自分は、つながってはいないと思いつづけた。

そんなふうにして、あしたがきょうになり、きょうがきのうになり、きのうがおとといになった。おとといが少し前になり、少し前がずっと前になり、ずっと前が「あの頃」になった。まるで列車の窓の外を流れてゆく景色のように、あの頃は、遠ざかっていった。

たどり着いたらいつも雨降り

故郷への道は、遠かった。

ニューヨーク州とマサチューセッツ州の州境にある自宅から、ニュージャージー州ニューアークにある空港まで、四時間半のドライブ。空港から飛行機に乗って、十三時間。成田で一泊し、羽田へ。羽田から、国内便に乗り継いで、岡山へ。丸二日をかけて、私はゆうべ、生まれ故郷にたどり着いた。

ほぼ十年ぶりの岡山である。十年前に父が亡くなり、母はその後、大阪で暮らしている弟夫婦との同居を始めたので、私は日本へもどってきても、岡山まで足をのばすことはなくなっていた。

今回の帰省の目的は、仕事である。今年の初めに、お世話になっている人を介して、岡山大学の文学部の夏期集中講座を受け持ってもらえないかという依頼が届いた。講座名は「言語表現論3」、小説家志望の学生たちに「小説の書き方」を教えて欲しいとのことだった。九月のどこかで、四日間。引き受けることにした。かつて、小説家の西条ミチルさんが私にしてくれたように、私も若い人たちに、自分が培ってきたノウハウを伝えたいと思った。

偶然、インターネット上に掲載されている岡山大学のシラバスを見て――実際に見たのは親戚《しんせき》の子どもだったらしい――このことを知ったエイミーが、私にメールを送ってきた。

〈カオがもどってくるなら、うちの店で同窓会をします。みんなにも声をかけます。ぜひ、来て下さい〉

エイミーは数年前から、会社を早期退職したご主人といっしょに、岡山市のはずれで和風喫茶「かざぐるま」を経営しているという。

〈吉備津彦神社のすぐ近く。もと武家屋敷だったおうちを買い取って、改装しました。昔なつかしい喫茶店を再現し、レトロ喫茶として、アピールしてます。店内には、七十年代のフォークソングを流してますよ。カオの好きだった吉田拓郎も！　詳しくは、以下のサイトをとくとご覧あれ〉

行ってみようと思った。訪ねてみたいと思った。

みんなに会いたいと思った。心から。

あれから、何年が過ぎたのだろう。

サイレンを鳴り響かせながら救急車が去っていったあの日から、きょうまで。数えなくても、わかっている。この引き算は、簡単過ぎる。四十二年だ。四十二年！生まれたばかりの赤ん坊が、今は四十二歳になっているなんて、驚きだ。

青春時代は、遠い。

宇宙の果てよりも遠い気がする。どうしてこんなに遠いのか。

それなのに、どうしてこんなに近くにあるのか。すべては過ぎ去ったことで、すべては今、この世界のどこにも存在していないのに、こんなにも生き生きと、こんなにもひりひりと、この胸によみがえってくるのは、なぜなのか。あれらは本当に、終わったことなのか、過ぎ去ったことなのか、それならばなぜ、私の内面にはこうして、まるで生きているかのように「存在」しているのか。

そんなことを思いながら、約束の時間よりもかなり早めにホテルを出て、岡山の町をぶらぶら散歩した。

晴れの国、岡山にしては珍しく、朝から小雨がぱらぱら降ったり、止《や》んだりをくり返している。そのたびに、ホテルで借りたビニールの傘を差したり、畳んだりした。レインコートの代わりにもなる、薄手のトレンチコートを着てきてよかったと思った。コートの下には、黒い長袖《ながそで》のブラウスに、黒いロングのフレアースカート。靴も黒。バッグも黒。なんだか、いつなんどきでもお葬式に出られそうな、黒ずくめ。

二年ほど前に大病を患い、手術と入院を何度かくり返し、一時は死線をさまよいながらも、目には見えない運命の神様のさしのべてくれた手に助けられ、一命を取り留めて以来、私は黒しか着なくなっている。好きな色、というよりも、落ち着く色。

駅周辺は、すっかり様変わりしていた。駅ビルも、地下街も、まるで見知らぬ町のようだった。が、タクシーやバスや車で埋まった駅前の広場に、ぽつんと立っている桃太郎の像には、見覚えがあった。よくそこで、誰かと待ち合わせをした。亡くなった父がしょっちゅう「岡山県人は、桃太郎に討伐された鬼の側であるはずなのに、なんで、桃太郎をまつりあげにゃあならんのじゃ」と言っていたことを思い出した。

「サンルーム」のあった場所には、細長いビルが建っていた。一階は不動産屋で、二階から上には、英会話学校、歯科医、産婦人科医、美容院などのネームプレートが並び、地下は居酒屋になっていた。マスターは、どこでどうしているのだろう。ふと、空を見上げてみる。

表町商店街の入口付近まで歩いてきたとき、私は「あっ」と小さく声を上げた。

この頃、どこの町でもほとんど見かけることのなくなった、円柱形の赤い郵便ポストが立っているではないか。まだ使われているのだろうか。それとも、ただの置き物なのだろうか。再び「あっ」と思ったのは、なつかしい赤いポストに近づいていこうとしている私の目の前に、どこからともなく、ひとりの少女が現れたせいだった。細長い手足をしている。眼鏡をかけている。髪の毛はショート。レトロなデザインのTシャツにジーンズ。彼女は、ポストの前に自転車を停《と》め、手紙を投函《とうかん》しようとしている。いつか、どこかで、会ったことのある女の子のように思えてならない。でも、思い出せない。もしかしたら、昔の知り合いの誰かに、似ているのかもしれない。それが誰なのかは、まったく思い出せないけれど。手紙を投函したあと、すぐにはポストから離れずにじっとしている女の子を横目で見ながら、私は彼女とポストのそばを通り過ぎ、商店街に入っていった。

細謹舎をのぞいてみようと思っていた。

高校時代に足繁く、通っていた書店だ。三島由紀夫、中原中也、五木寛之、吉行淳之介、田辺聖子。好きな作家たちにはみな、この本屋さんで出会った。敬愛する西条ミチルさんの当時の著書も、ここで全部、買い揃《そろ》えた。

細謹舎は、見つからなかった。まさか、あの書店がなくなってしまったなんて、すぐには信じられなかった。細謹舎のあったはずの通りに、行けども、行けども、ずらりと並んでいるのはブランドショップばかりだった。舌を嚙《か》みそうな、どう発音するのかもわからないような、アルファベットの店名。

悲しかった。

寂しかった。

町でいちばん品揃えの充実していた書店が姿を消すということは、町の歴史と頭脳と記憶が、根こそぎ、失われてしまうことに等しいのではないかと思えた。どこかに移転したのかもしれないと一縷《いちる》の望みを託して、うろうろ歩き回っている途中で、見つけた。商店街の大通りから一本はずれた通りに、細謹舎はあった。そうか、移転しただけだったのか。吸い込まれるようにして、私は店内に足を踏み入れた。

とたんに、うれしくなった。胸が躍り、心臓が弾んだ。なぜなら店内は昔のまま、あの頃のまま、だったから。照明も、匂《にお》いも、ちょっとひんやりしている通路も、棚の構成も、レジの位置も、店員の制服も、何もかもが四十年以上も前のまま、保たれているではないか。過去にタイムスリップしたかのようだった。

私はまっすぐに、文庫のセクションに向かった。外国文学の書棚の前に立って、ある本を探した。探さなくても、すぐに見つかった。チェーホフの『かもめ』。驚いたことに、文庫の表紙も、私が高校生だった頃と同じだった。手に取って、頬《ほお》ずりしたいような気持ちで眺めたあと、自分へのお土産として買い求めようと思い立って、レジに向かった。

と、そのときだった。

書店員のうしろから、ひとりの少女が歩いてくるのが見えた。私ははっと息を呑《の》んだ。あの子はついさっき、赤いポストに手紙を投函していた少女ではないか。

すれ違う直前に、私は気づいた。

あの子を知っている。

あの子の名前を知っている。

あの子の未来も知っている。

あの子の流す涙の味も知っている。

あの子は、四十二年前の私なのだ。

すれ違った瞬間、声をかけた。かけずにはいられなかった。「今ならまだ、引き返せる」と。今、引き返せば、あなたは傷つかないでいられるし、誰も傷つけないでいられるよ、と。声をかけはしたものの、私には、それは届かないとわかっていた。この子は、引き返したりしない。このまま進んでいく。それでいいのだと。

傷つくとわかっていても、傷つけられるとわかっていても、進んでいくしかない時代がある。決してもどりたくないけれど、私は、その時代を抱きしめたくなる。悔いに満ち満ちた短い季節。記憶のなかにしか存在しない、青春とは、終わってしまった時間に過ぎない。けれどもその記憶が、犯した過ちが、その後の人生の礎となり、要となり、杭《くい》になってくれることもある。もう二度ともどってこない素足の季節。もどってこないがゆえに、それは不変であり、永遠でもある。私は青春を「きらめく過去」と呼ぶ。きらめく過去という名の世界にあっては、終わってしまった時間も、死者もまた、生命を持って、生きる。

「カオー!」

「カオカオカオ！」

「おめぇ、どねえしょうったんじゃ」

「カオさま、お久しぶりでございます」

「よっ、女流作家先生、黒がお似合いだね」

「迷わなかった？　ちょっとわかりにくかったでしょ？」

「カオって、昔から方向音痴だったもんなぁ」

「そうそう、お店を出たとたん、反対方向に向かって歩き始めるんじゃ」

かまびすしい声に出迎えられた。みんな、年を取っている。当たり前だ。目尻には皺《しわ》が寄っているし、髪の毛には染めても隠せない白髪が交じっている。それなのに、声は変わらない。声だけを聞いていれば、ここは、ペンキの剝げた赤い屋根の演劇部の部室なのかと錯覚してしまう。

威風堂々たる女性議員となったジョー。ころころ太って、まん丸になっているメグ様。対照的に、痩《や》せてスリムになっているエイミー。なっちんの美貌《びぼう》は、年輪を重ねていっそう輝きを増している。

マミは？

マミはどこ？

マミは来てないの？

結婚して離婚して再婚し、今は、高校の先生になっているという、マミは？

店内に素早く視線を巡らせている私の肩に、うしろからすとんと手のひらが置かれた。ふり返ると、マミの笑顔があった。たまたまお手洗いに行っていたらしい。

「なんじゃ、カオ、今、来たんか」

「うん、遅刻はしてないと思うけど。立ってなきゃ駄目？」

「らっきょ頭の立川回避、いっしょにするか？」

「するする」

「よう来てくれたな。会いたかったよ」

「私も」

「ほんまか？」

「ほんまよ」

これで終わりである。あっさりと、四十年近くの空白は、埋まった。時効など、とっくの昔に過ぎていたのかもしれない。本当に喧嘩《けんか》別れをしていたのかどうか、今となっては疑わしいほどだ。

店のいちばん奥の、日本庭園の見渡せる広い部屋に、特別にしつらえられたと思《おぼ》しきテーブル席を、六人で囲んだ。

エイミーのご主人が甲斐甲斐《かいがい》しく、世話を焼いてくれる。立ち上がって働こうとするエイミーに「いいのいいの、きみはきょうはお客でいなさい」などと声をかけている。優しそうな旦那さんだ。アルバイトの女の子といっしょに、次々に料理を運んできてくれる。お店で出している料理ではなくて、ゆうべからエイミー夫妻が仕込んだという心づくしのミニ会席。瀬戸内海で獲《と》れた魚介類、名物の牡蠣《かき》、ままかりなども並んでいる。テーブルの上には、七人分のランチョンマットが敷かれている。椅子《いす》も、グラスや食器も、七セット。誰も、その席については、何も話さない。ただ、誰もが、その席に座る人は「もうじきやってくる」と信じている。

私たちはひとまず、備前焼のマグにビールをつぎ合って、乾杯をした。備前焼で飲むビールの泡はクリーミーで、舌ざわりは、ビールとは思えないほどなめらかだ。

「いただきまーす」

と、誰かが言って、みんなが銘々のお箸《はし》を取り上げたとき、それまで小降りだった雨が突然、ざざーっと激しい降りに変わった。

一瞬、会話も笑い声も何もかもが、雨音にかき消された。私たちはいっせいに、窓の外を見た。松の木も柘植《つげ》の木も梅の木も、楓《かえで》も銀杏《いちょう》もあじさいも、雨に濡《ぬ》れている。木々の枝の先から、雨がしたたり落ちている。ひょうたんの形をした池のなかでは睡蓮《すいれん》が、花壇のなかでは菊の花が、思うさま降る雨に、耐えるようにして打たれている。紫色をした小菊、白い大輪の菊、黄色い糸菊、ぽんぽん菊。

ベスの名前は「菊野」だった、と、私はぼんやり思い出している。思い出しながら、五人の顔を順番に見た。頰に笑みが浮かんでくる。誰もが今、ベスのことを思っているのだとわかったから。

この雨が、ベスをここに連れてきてくれる、と。

マミは、十六歳のあの日、A高の文化祭の舞台でマーシャを演じ終えたとき、客席から、ただひとり、立ち上がって拍手をしてくれたベスを思い出している。腕に点滴の針を刺したまま、お母さんに付き添われて、舞台を見に来てくれていたベスを。ジョーは、胸の前でまっ白なリボンをきゅっと結んだ制服姿のベスを。エイミーは、七五三の着物を着せてもらって、いとこのベスと、ベスの家族といっしょに神社にお参りに出かけた日のことを。なっちんは、髪の毛をふたつに分けて三つ編みにして、前に垂らしたベスを。素足のベスを。素顔のベスを。私は、深夜、私に宛《あ》てて手紙を書いているベスの背中を。「たったひとつの思い出を下さい」と書いた指先を。

二年前、目の前に迫りくる「死」を体験してみて初めて、私には、十代だったベスの言葉がやっとのことで、わかるようになった。「たったひとつの思い出」が私も欲しいと思った。

未来にのびていく時間が少ない、人生の残り時間が少ないと知ったとき、人は一瞬一瞬の素晴らしさ、かけがえのなさ、生の輝きに気づく。時間が垂直に天に向かって、まっすぐに飛翔していくのを感じる。「たったひとつの思い出」とは、甘い言葉ではない。感傷的な言葉では決してない。あれは、ベスの命のかかった言葉だった。ベスの舞台は、彼女の「ゆるやかな自殺」などではなかった。命の重みを誰よりもよく理解していたベスは、自殺など、しない。だから私はもう、後悔には囚《とら》われていない。悔やみつづけることは供養にならないと、知ったからだ。ベスがそのことを私に教えてくれた。以来、私は常にベスを第一読者と想定して、物を書くようになった。あした死ぬかもしれない人に読んでもらって「死ぬ前に、こんな下らないものを読ませてくれるな」と、叱《しか》り飛ばされないような文章を書かねばならない、そう自分に言い聞かせながら、一文字、一文字を綴《つづ》っている。

ベスに読んでもらいたくて。

この作品も、あの作品も、きょう書いた作品も、あした書く作品も。彼女に宛てて。

ベス、こと、別所菊野。

苗字《みようじ》の変わっていない、皺も白髪もない、色白で可憐《かれん》で美しくて儚《はかな》い、それなのに、誰よりも激しい情熱を内に秘めていた少女を思い出しながら、私たちは待った。

「遅うなって堪忍な。えらい雨に降られてしもてな、そこでちょっと雨宿りしてたんや」

そう言いながら、ベスは店の玄関のドアをあけて、姿を現す。雨に打たれたはずなのに、彼女の体は濡れてはいない。きらめく過去の光をまとっている。

「みんな、元気やったか。どうしたんや、カオちゃん、あんた、なんで泣いてるの？　おかしな子やなぁ」

たった今、私の書いたベスの台詞だ。舞台に出てくると開口一番、彼女はこの台詞を口にする。

幕が上がる直前の研ぎ澄まされた静寂と緊張と、降りしきる雨音に包まれて、ベスがここにもどってくる瞬間を、私たちは、待った。

解説

藤田香織

みなさんは「高校時代の友人」と、果たして今、どれくらいの付き合いがあるだろうか。現在四十六歳になった私は、ほとんどない。年に一、二度、メールのやりとりをする相手がひとりふたりいる程度だから、それはもうないも同然、と言うべきかもしれない。三年前に一度同窓会に出席してみたものの、私のバツイチ独身子供なし、仕事は何をしているのかよくわからないという立場は、出席者のなかでは浮きまくりで、その後の付き合いに繋《つな》がることもなかった。子育ての苦労も、夫の愚痴も、家庭と仕事の両立の悩みも共有できないのだから、仕方がないとは思っている。

けれど、もし自分が結婚して、子供がいて、一般的に知られた職業に就いていたとしても、かつての友人たちと親しい関係を継続するのは、やはりそう簡単ではない気もするのだ。立場は同じでも、状況まで同じだとは限らない。子供の性別、性格、能力だって違えば、夫の職業、収入、家事や育児への姿勢もそれぞれ違うだろう。自由になる時間。自由に使えるお金。同じ立場だからこそ、自分が手にしたものと相手が得たものの差異が気になり、羨《うらや》むこともきっとあるはず。

「女の友情は難しい」とため息を吐《つ》いた経験は、十代の頃から、いや物心ついた時から何度も何度もあるわけで、だからすっかり大人になってから出会った人とは、適度な距離を取ることを覚えた。その場の空気を乱さず、自分の心も乱さない付き合いは、ひいては自分の身を守るということも知った。

でも、だけど。ときどきふと、寂しくもなるのだ。仕方ないと、そんなものだと割り切っていても、なにかの拍子に恋しくなる。体裁とか計算なんて気にせず、うんざりするほど干渉し合い、傷つけて傷ついて、本気で付き合っていた「あの頃」が。あんなふうに「友達」と泣いたり笑ったりすることは、もう二度とないのかもしれない——。年齢を重ねて何かと忙《せわ》しない日々を生きるなかで、自分の胸の片隅にあいたそんな小さな穴を自覚している人は、実はとても多いのではないだろうか。

本書『素足の季節』はそうした女性の悩ましき「友達」との関係に、ひとすじの光を照らす文庫書き下ろしの長編作である。

舞台となるのは岡山県岡山市。主人公の杉本香織（通称カオ）は高校に入学して間もない十六歳だ。〈相当にお偉い、誰かさんに〉自宅から遠い高校へ振り分けられてしまったカオは学校まで片道一時間半もの距離を、基本的には自転車で通っている（余談だが、カオが苦労を強《し》いられる原因となったこの制度は、京都府知事の発案によって導入されたもので、私が中学時代を過ごしたY県でも実施されていた。「総合選抜」と呼ばれていて、おまけにY県では一部の成績上位者は希望校を選べるというえぐいシステムだった。全国共通ではなく、実施されていたのはわずか十県程度だったらしい）。

物語は、そんなカオがある理由からバス通学を選んだGW《ゴールデンウイーク》明けの某日、車中で間宮優美（通称マミ）と席が隣り合わせたことから動き出していく。美人で成績が良く、なのに素行が悪くて教師には反抗的な札付きまくりのマミと親しくなったことをきっかけに、〈読書が好きで、孤独が好きで、空想と妄想が得意。反骨精神と潔癖主義を誇る〉言うならばちょっと頑《かたく》なな少女だったカオは、幾多の「青春」を体感することになるのである。

初めてのサボタージュ。授業中の早弁。喫茶店の常連になり、ドギマギしながらふかすセブンスター。一九七〇年に死去した三島由紀夫が、去年の十一月に割腹自殺した、という記述があることから、カオとマミが出会ったのは一九七一年だと分かるが、いつの時代でも女子高生にとって「ちょっと悪いこと」が「ものすごく楽しいこと」であるのは変わらない。読者もまた自分のちょいワル経験を思い出し、早くも痛切《いたせつ》なさに苦笑せずにはいられなくなるだろう。

そんなある日、カオはマミからひとつの「お願い」を切り出される。〈演劇部の創立メンバーになって欲しい〉。カオたちが通うA高校には形式上は存在するものの部員のいない幽霊部がいくつもあり、演劇部もそのひとつだった。受験勉強一色の青春なんてつまらない。仲間と力を合わせて、ひとつのイベントを盛り上げたりもしてみたい。そのためにマミは演劇部を再生、いや自分たちの力で新たに立ち上げたい、と言うのだ。

　しかしカオにはその願いを、素直に受け入れられない理由があった。家が遠い。美人じゃない。演技もできない。自信がない。分かり易《やす》い理由をあれこれ挙げてみせても、マミは「阿呆《あほう》じゃなぁ」と一笑する。大丈夫。できる。なんにも心配しなくていい。実はカオにはまだ他に、メンバーに加わることを躊躇《ちゅうちょ》する本当の理由があったのだが、結局、熱意に押され、マミが思いついた考えにのせられてしまう。それは、今までカオが何度挑戦しても上手《うま》く吸えなかった煙草《タバコ》を、ちゃんと吸えたら演劇部のことは忘れていい。だけど吸えなかったら入部する、というものだった。

　この勝負に勝って（煙草の煙を「初貫通」させて）、にもかかわらず、カオが演劇部に入る、と決意する場面が、私はとても好きだ。

　カオがうれしかったのは、もちろんちょい悪ミッションをひとつクリアしたこともあるだろうけど、それ以上に、無理だとしり込みしているのに、熱心に誘ってくれたマミの言葉だったのだろう。大人的見地からすれば、カオが挙げてみせた理由は、誘い待ちのようにも見える。「私なんて」と卑下しつつ、その実「そんなことないよー」という褒め言葉を待つ、あの感じ。今の私だったら面倒臭くなって「そうなんだ。わかった、何度も誘ってごめんね」と、笑顔で一線を引いてしまうだろう。ところが、マミはぐいぐいカオの気持ちに踏み込んでいく。計算もない。遠慮もない。その言葉によって、後に明かされる中学時代の苦い経験を引きずっていたカオは、忘れたふりをしていた、もう二度と味わうこともないと、味わいたくもないと強がっていた感情を、再び取り戻しかけるのだ。何気ないけれど、本書のなかにはこうした大人読者の胸に沁《し》みる場面が数えきれないほど散見する。

かくして演劇部に加わることになったカオは、マミが集めた仲間たちと共に、ザ・青春な日々へと駆けだしていく。カオと同じ中学出身の〈お人形さんがそのまま人間になったみたいな〉顔だちから強烈な岡山弁を放つなっちん。東京出身のゴージャスな雰囲気をまとうメグ様。明るくキュートで快活なエイミーと、生まれつき病弱で〈恐ろしいくらい、色気のある〉ベス。さらにもうひとり、マミの中学時代からの先輩で以前はティーン誌のモデルもしていたという女王然としたジョー。意欲に燃える七人が、学校側に演劇部の再創設を認めさせるためにどんな行動に出るのか、そのために挑んだ初公演への準備とその成果がどのようなものだったのか。ここで詳細は記さないが、私たち読者はカオと仲間たちの姿を見守ると同時に、いつしかもうひとつの物語を追いかけていくことになる。

小説を読む愉《たの》しみのひとつには、主人公に自分を重ね、物語の世界を疑似体験する、というものがあるけれど、本書の魅力はそれだけに留《とど》まらない。読者は一九七一年の、岡山県の、公立A高での物語に触れながら、頭のなかで「自分の物語」を回想するのだ。作者である小手鞠るいさんは、そう促すように、注意深く物語の焦点を合わせているように私には感じられる。例えば、本書においてA高校そのものの描写はほとんどされていない。どれぐらいの歴史があって、どれぐらいの生徒数で、どんな場所にあるのか。教室の配置も、校庭の広さも、私たちには判然としない。そうした細部を描くことなど容易《たやす》いはずなのに、あえて焦点をぼかすことで、読者が自分の記憶を広げていく余地を残しているのではないか。その一方で、例えばカオがベスに出した手紙のように、怖ろしいほどギュッと焦点を絞っていく箇所もある。それによって、青臭くて、頭でっかちで、妙に潔癖で、衝動的で、今が全《すべ》てだった「あの頃」の、剝《む》き出しの素肌で感じていた熱を、私たちは思い出す。

大人の小説、である。

キラキラ眩《まぶ》しい光と共に、カオの心にくっきりと張り付いたままの影も、容赦なく描き出していく。負ってしまった傷は、残された悔いは、忘れたふりをすることはできても、消し去ることはできないのだと、私たちは改めて痛感させられてしまう。

けれど小手鞠さんは、そんなカオの過ぎ去りし日々を、否定も肯定もしない。立ち止まらせることも、強引に前を向かせることもしない。そうして流れた長い長い時間の果てに、カオが仲間たちと再会するラストシーンは、だからこそ、「今」の私たちの胸に深く沁みる。

あの頃。同じ場所にいた仲間たちは、今、交わることもない、違う道を歩いて、違う場所でそれぞれの現実を生きている。「あの頃」は遥《はる》か遠く、時間を巻き戻すことは決して叶《かな》わない。

でも、それでも。またいつの日にか、一緒に笑える日が来ると、本書は信じさせてくれる。負ってしまった傷の痛みも、傷つけてしまったという悔いも、すべて背負ったままで「元気だった？」と声を掛け合える日が来るかもしれない、と。

そう思える心強さを、ゆっくりとあなたの場所で嚙《か》みしめて欲しい。

（ふじた・かおり／書評家）

●参考文献

チェーホフ著／沼野充義訳『かもめ』（集英社文庫／２０１２年刊）★
チェーホフ著／イプセン著／神西清他訳『河出世界文学全集15』（河出書房新社／１９８９年刊）
沼野充義解説『ＮＨＫテレビテキスト ２０１２年９月 １００分de名著「チェーホフ かもめ」』（ＮＨＫ出版）

なお、作中におけるチェーホフ『かもめ』の台詞（Ｐ84、96、103、104）は、すべて、★から引用させていただきました。ここに記して、翻訳者の沼野充義氏に感謝いたします。

本書は、ハルキ文庫の書き下ろしです。なお、本作品はフィクションであり、作中に登場する人物、団体などは、実在の人物、団体などとはいっさい関係がありません。

Haruki Bunko
ハルキ文庫

こ 9-1

素足《すあし》の季節《きせつ》

著者 小手鞠《こでまり》るい

2015年1月18日第一刷発行

発行者 角川春樹

発行所 株式会社角川春樹事務所
〒102-0074 東京都千代田区九段南2-1-30 イタリア文化会館

電話 03(3263)5247(編集)
03(3263)5881(営業)

印刷・製本 中央精版印刷株式会社

フォーマット・デザイン 芦澤泰偉
表紙イラストレーション 門坂 流

ISBN978-4-7584-3868-1 C0193 ©2015 Rui Kodemari Printed in Japan
http://www.kadokawaharuki.co.jp/[営業]
fanmail@kadokawaharuki.co.jp[編集] ご意見・ご感想をお寄せください。